L'accident

Iona Louis

L'accident

© 2013 Iona Louis

Illustration : Iona Louis
Images : Fotolia et N. Jeanmonod
Edition : BoD - Books on Demand
12/14 rond-point des Champs Elysées
75008 Paris
Imprimé par BoD – Books on Demand, Norderstedt
ISBN : 978-2-3220-8390-9
Dépôt légal : septembre 2017

« Chaque homme sur Terre a un trésor qui l'attend, lui dit son cœur. Nous, les cœurs, en parlons rarement, car les hommes ne veulent plus trouver ces trésors. Nous n'en parlons qu'aux petits enfants. Ensuite, nous laissons la vie se charger de conduire chacun vers son destin. Malheureusement, peu d'hommes suivent le chemin qui leur est tracé, et qui est le chemin de la Légende Personnelle et de la félicité. La plupart voient le monde comme quelque chose de menaçant et, pour cette raison même, le monde devient en effet une chose menaçante. Alors, nous les cœurs, commençons à parler de plus en plus bas, mais nous ne nous taisons jamais. Et nous faisons des vœux pour que nos paroles ne soient pas entendues : nous ne voulons pas que les hommes souffrent pour n'avoir pas suivi la voie que nous leur avions indiquée.

— Pourquoi les cœurs ne disent-ils pas aux hommes qu'ils doivent poursuivre leurs rêves ? demande le jeune homme à l'Alchimiste.

— Parce que, dans ce cas, c'est le cœur qui souffre le plus. Et les cœurs n'aiment pas souffrir. »

[Extrait de L'Alchimiste de Paulo Coelho – 1994]

1

LE CHALET

Il a beaucoup neigé cette nuit. Hier encore, on pouvait apercevoir les touffes d'herbes épaisses et jaunies par le gel. Mais aujourd'hui, les skis sont devenus nécessaires, car c'est le seul moyen à notre disposition pour se déplacer et pour communiquer avec les chalets voisins. En fait, je n'ai pas de voisins. Le plus proche chalet se situe à deux kilomètres à vol d'oiseau, ce qui représente quatre à cinq kilomètres par la route. Les chemins sont si étroits et le passage si rare, que la commune ne s'est pas endettée par l'acquisition d'un chasse-neige. Les gens d'ici vivent au rythme du temps et des saisons. Ils se moquent éperdument de tous les progrès qu'offre notre siècle. D'ailleurs, je pense qu'ils ne sont prêts à accepter la moindre forme de transformation.

Le feu dans la cheminée crépite là, à côté de

moi. Je l'apprécie. On dirait qu'il est content. Il est beau, nuancé de rouge, bleu et d'oranger. Et ce silence ! Il y avait bien longtemps que je ne m'étais pas plongé dedans.

J'avais décidé de ne plus écrire, du moins pour un certain temps. Mais cette feuille, décidément m'attire, m'appelle. Je ressens un besoin grandissant de coucher mes sensations et mes impulsions au retour à la vie première et essentielle, les effets de mon exil volontaire de cette ville asphyxiée de bruits, de carbone et de gens au regard vide.

La bûche de châtaigner craque, elle se déchire dans un cri, exprimant toute sa douleur à l'emprise du feu, se tait soudain, se soumettant au pouvoir des flammes dévorantes. Puis, la bûche casse et s'écrase sur les braises rougeoyantes.

J'irais faire une promenade tout à l'heure si le Soleil veut bien se montrer. La beauté d'une montagne enneigée, caressée par un doux soleil, fait ainsi scintiller les mille et un cristaux bleutés qui se sont posés là, au grès du vent, n'a pas son pareil. C'est comme une caresse. J'avais raison ! Voilà le Soleil qui se dévoile m'envoyant ses pâles rayons sur ma plume. La pendule sonne dix heures. L'air s'est réchauffé, je vais chausser mes skis.

❊

Épatant ! J'ai aperçu des traces de lapins au

bord du ruisseau. Il a gelé lui aussi cette nuit. Et l'eau en dépit de la glace s'est frayé un chemin, faisant des cabrioles insensées. La lourdeur du silence m'enivra d'une gaieté peu exprimable avec des mots, je sursautais à chaque crissement de skis sur cette neige toute fraîche. Alors, j'ai laissé se perdre mon regard dans l'immensité blanche entrecoupée de quelques points verts que sont les sapins. Tout est si beau ! Il y avait si longtemps que je n'avais pas revu cette montagne, qu'un moment j'ai perdu la notion du temps. C'est la fraîcheur de l'ombre qui me délogea de mes rêveries. Octobre qui commence semble déjà bien rude.

Pour une fois, je prends le temps de vivre. Savez-vous depuis quand je n'ai pas pris le temps ? Dans cette montagne, j'ai presque oublié ce temps, même s'il m'en reste un écho par les dongs lourds et graves de cette vieille pendule. Pourquoi l'ai-je remontée ? Je ne sais pas. Sans doute pour savoir si elle fonctionnait toujours. Je trouve qu'elle s'accorde bien à cette montagne. J'ai oublié la raison de sa présence et plus encore d'où elle vient. Elle est là, c'est tout.

Je n'étais pas revenu ici depuis le début de ma carrière, depuis mon explosion, depuis le début de ma notoriété. Cela fait huit ans. Huit ans de vie passée à trois cents kilomètres à l'heure. Huit ans durant lesquels j'étais coincé entre les nuits blanches sur mes feuilles grimées, les rendez-vous d'affaires insensés, les interviews, la télévision et les autres obligations nécessaires à mon travail, les trains, les avions et Céline.

Je ne m'explique pas pourquoi, lorsque je commence une ébauche de récit, j'ai la fringale. Mais bien sûr ! Il est quatorze heures. J'ai déniché de quoi me rassasier dans le réfrigérateur. L'odeur du steak qui cuit me ravit et me fait savourer d'avance, la simplicité de ce repas. J'oublie de ranger et, à l'instant, j'ai quelques difficultés à me trouver une petite place entre les bouquins, les vieux journaux, les papiers chiffonnés, éparpillés un peu partout sur la table et sur le canapé. Mais le tableau ne serait pas complet si le sol n'en était pas jonché. Je me rappelle pourtant ma mère me seriner quotidiennement sur l'état désastreux de mon domaine.

Depuis mon arrivée, ma vie est concentrée dans cette pièce meublée d'une immense table montagnarde dont j'ai du mal actuellement à apercevoir un carré de son plateau verni. Il y a aussi une commode que je n'ai pas rouverte depuis des lustres. Allez savoir ce qu'il y a dedans ! Je n'en ai plus aucune idée. De l'autre côté, un canapé toujours de travers inondé de lumière par l'immense baie orientée plein sud. La pièce est toujours claire, même par temps sombre. Elle m'offre une vue impressionnante sur les pics et la vallée avec la forêt alourdie de neige. Je ne distingue le village que grâce aux fumées s'échappant des cheminées et au gris foncé des venelles que les habitants ont dégagées. Où que je pose le regard, tout est habillé de blanc.

Soudain, mon attention est attirée de côté, tout près. Deux bergeronnettes se battent les quelques miettes de pain que je viens de jeter. Apparemment, elles se régalent. Mon repas fut un festin.

Je suis venu là pour faire un break de quelques semaines. Me forcer au repos, non plutôt m'offrir des vacances totales, histoire de faire le point, et d'écrire autre chose. Ah ! Pour ça, je n'ai pas besoin de stimulant. Je n'ai jamais compris cette facilité et ce besoin. Ma tête est toujours pleine d'idées. Elle usine à une vitesse que je n'ose décrire, et je n'ai jamais trouvé, ma foi, que l'écriture comme issue de secours pour exprimer ce que je suis, ce que je ressens, ce que je désire. Je n'ai trouvé qu'un interlocuteur compréhensif, vous, ma chère feuille. J'aimerais bien dire aux personnes que j'aime, des choses qui font chaud au cœur, mais cela reste coincé quelque part dans la gorge. J'ouvre la bouche, mais aucun son n'en sort. Je déteste ce genre de situation. Je me sens pataud, ridicule. Alors, mon malaise est tellement grand que je vais pleurer mes mots sur le papier et soudain, ma tristesse se transforme en jouissance tant j'aime à dessiner les mots que je ne peux dire, qui au fil des lignes sont comme un croquis, puis un dessin que je peaufine encore et encore, pour enfin donner à mon étonnement, une toile fidèle à mes pensées.

Mais, ma grande surprise reste le public. Je m'en suis toujours étonné, et malheureusement, cela m'a toujours pris d'une peur panique. Une angoisse étouffante. Mais ce qui est plus fort encore, c'est que je n'ai jamais voulu faire imprimer mes écrits ni rechercher le best-seller. J'écris tout, comme ça me vient au gré de mes pensées, et pour mon premier roman, vous pouvez remercier Céline.

Oh zut ! Je n'ai plus de cigarettes. Je vais devoir sortir de mon terrier et descendre au village.

C'est un petit village avec une seule rue principale et les quelques commerces indispensables, mais ne se faisant aucune concurrence. Il y a bien sûr, la boulangerie, l'épicerie, la boucherie-charcuterie, le quincaillier bricoleur à l'occasion forgeron, la boutique bureau de tabac journaux, librairie et bureau de poste. Je crois même que la gentille dame, dont je ne sais toujours pas son nom, se charge de petites transactions bancaires pour quelques personnes âgées qui refusent obstinément d'aller à la ville, même accompagnées. Puis, il y a encore, l'école et la Mairie qui paraissent minuscules, flanquées contre l'église d'art gothique, construits là, par on ne sait quel hasard. En fait, tout cela me fait penser à une boutade de Prévert, ou à un coup de baguette magique d'un magicien. Merlin sans doute, qui fatigué d'avoir fait tant de grandes choses, a tout réduit petit-petit.

L'école vit encore. Elle gazouille d'une dizaine d'enfants, et à l'heure de sortie, lorsque je me trouve là, j'aime les voir courir et se rassembler sur la petite place autour de la fontaine qui coule même l'hiver, attendant en jouant, la voiture qui les ramera chez eux. Les générations passent, mais les jeux ne changent pas. Je souris et me revois, dans la cour de mon école, jouant comme ces enfants à chat perché.

Les gens ne m'avaient pas oublié. Qu'elle fut ma surprise d'entendre la gentille dame du bureau de tabac, m'accueillir chaleureusement, heureuse d'avoir une personnalité dans son village et de savoir enfin que le chalet n'était pas à l'abandon. J'ai fait quelques autres rencontres qui m'ont tout aussi gentiment salué, et ont continué à parler entre elles en patois. J'ai essayé d'imaginer leur conversation, mais sans succès. Je les ai regardées, leur ai souri à mon tour. Puis, je me suis aperçu qu'elles étaient comme moi, un peu plus marquées par le temps. J'ai rechaussé mes skis et me suis empressé de remonter le coteau pour retrouver la chaleur de mon nid, ma solitude. Je me rends compte que je ne suis pas encore apte à rencontrer les gens.

Eh bien ! J'avais perdu l'habitude des remontées lentes et à pied. J'ai senti le poids des bons repas et des cigarettes. Je me suis effondré sur le canapé, un café brûlant à la main. Je suis lessivé, mais heureux. Je me surprends à sourire. Mon Dieu, mais depuis quand n'ai-je pas souri ? Je me sens pris d'une telle liberté soudaine, que l'envie de faire des bonds me prend. Mais encore une fois, tout se passe en moi, ne laissant presque rien paraître à l'extérieur, et j'exprime ma fougue sur le papier. Je semble calme alors que tout bout à l'intérieur. Absorbé par mes pensées et le crissement de ma plume sur le papier, j'oublie le monde extérieur.

Céline n'aimait pas cette torpeur qui me prend de temps en temps et mon métier l'exaspérait. Tiens donc ! Et pourquoi Céline me vient-elle à l'esprit ? Le courant d'air ou le cloîtré enfumé que je pouvais être la déconcertait, l'usait même, je crois. Si bien qu'un matin, elle a disparu, ne me laissant que quelques mots griffonnés sur un bout de papier :

Salut et bonne chance.

Je me souviens d'avoir lu et relu ce morceau de papier déchiré d'un carnet probablement, sans comprendre. En fait, je regardais la missive coincée entre mes doigts. Je voyais les mots, mais ils n'avaient aucun effet sur mon cerveau, aucune résonance. Ils ne s'imprimaient pas. Je n'arrivais pas à coller à l'évidence que dictait le message. Je me disais que j'allais sortir de ce mauvais rêve, que ce n'était qu'une illusion, un mirage à moins que ce message ne me fut nullement destiné. Incapable de réfléchir, je naviguais dans l'appartement comme un bateau ivre, le papier griffonné entre mes doigts que je posais de temps en temps pour une cigarette ou un verre de whisky. Je l'attendais. Il m'a fallu pratiquement toute la nuit pour réagir. Le non sens qui m'avait tout d'abord frappé se transforma en une sorte de panneau indicateur sur lequel chaque lettre crayonnée y était gravée comme celles sur les tables de la loi1. Puis, petit à petit, à la clarté du jour qui se lève, je me suis rendu compte que je ne rêvais pas. Elle ne signait de son initiale que pour nos messages intimes et sur cette brève déclaration, je ne pouvais nier qu'il en fut autrement. Alors, la tristesse m'a envahi, surgissant à la vitesse et à la force d'un cyclone. Mes yeux se troublèrent, mais les sanglots ne vinrent pas. J'ai simplement allumé une cigarette et je suis retourné à mon bureau comme un automate.

Plus tard, j'ai réfléchi longtemps à ce bout de papier. Sans doute a-t-elle voulu se dispenser d'une conversation où elle aurait craint quelques éclats ? Ou bien mon calme l'aurait une fois de plus mise

---

[1] Table de la loi : selon le récit biblique ce sont des tablettes en pierre sur lesquelles Dieu a gravé ou fait graver par Moïse, le Décalogue (les Dix commandements) durant l'exode.

dans un tel état de rage contenue, qu'épuisée, elle aurait fini comme à son habitude, par s'asseoir, me scruter et me dire :

– Mais enfin, vas-tu parler ? J'existe moi. Qu'y a-t-il dans ce bureau pour que tu ne sortes plus des heures durant ? Je brûlerai bien tout ça. Tu pourrais vivre au moins !

L'énervement la faisait pleurer, doucement, sans bruit. J'aurais bien voulu la consoler, lui dire que sa colère n'avait pas de sens pour moi, mais je ne faisais que m'approcher d'elle, lui ôtant ses longs cheveux roux de son visage ovale, puis je l'embrassais doucement sur le front et sans autre mot, désemparé par la situation, je m'enfuyais dans mon fouillis de papier, poursuivre ma passion.

C'est drôle comme la violence d'une situation fait naître en moi un bouillonnement de mots, de tableaux comme on dit au théâtre, que le seul impératif qui soit pour moi à cet instant soit l'écriture. J'ai comme des démangeaisons très désagréables, un genre d'urticaire au bout des doigts et dans le cerveau. J'ai vu des gens accros à l'alcool ou à la cocaïne, moi c'est du papier. J'ai besoin de son odeur, de sa texture. Et quand la plume gratte la surface immaculée, je ressens chaque griffure où aussitôt l'encre se glisse dans cet interstice minuscule. L'odeur change. Lorsque mon délire se répand ainsi sur une feuille de papier, je perds la notion du temps. Je deviens immortel, ou du moins le temps semble s'arrêter. Puis cela se calme lentement. Je suis épuisé, mais satisfait. Repu et rompu, je m'extirpe alors de ce cagibi-bureau pour passer à nouveau dans l'autre monde.

※

Des souvenirs me reviennent. Je devais au sortir de mon antre, réfléchir un moment pour savoir, à la lecture de la pendulette du salon, à quel moment du jour on se situait. Bien souvent, le silence m'enveloppait et je comprenais que Céline était sortie, je ne sais où, perdue avec une bande bruyante de copains et de copines. Je l'attendais.

Puis, je regardais à nouveau l'heure à ma montre comme pour me rassurer. Trois heures. Peut-être allais-je dormir un peu ? Je me laissais tomber sur le divan allumant dans ma chute lente, la stéréo ou une cigarette. Lorsque c'était le cas, j'aspirais avec délice, à petites bouffées cette cigarette blonde. Quand je travaille, j'use les cigarettes comme j'use ma plume, sans m'en rendre compte. Ma concentration est telle que je suis hypnotisé par le filet d'encre qui coure sur la page, je ne tire aucun plaisir ni souvenir des cigarettes consommées. C'est mécanique, un tic probablement !

La porte s'est refermée brusquement me sortant de mes rêveries. Je ne sais plus depuis combien de temps, j'étais là, je remarquais simplement l'aube et Céline, les yeux un peu cernés, mais toujours radieuse. Elle était de retour. Ce moment-là était magique. J'étais fatigué de mon travail. Elle était fatiguée de sa nuit folle. Elle n'avait plus comme moi, d'énergie. Nous étions alors bien conscients du moment présent. Je m'asseyais, un sourire naissait à mes lèvres et l'accueil chaleureux se lisait dans mes yeux. Elle restait un instant immobile à me regarder et s'approchait. Baissant les yeux, elle caressait quelques secondes, ma main posée sur l'accoudoir avec le dos de la sienne. Puis, la faisait sienne et elle m'attirait doucement sur la moquette épaisse. Notre amour se consumait là, entre le buffet et le divan, dans une volupté que je ne connaissais qu'avec elle. Je ne pourrais jamais m'expliquer comment sans une parole, elle pouvait m'entraîner dans un monde qui n'appartenait qu'à elle, parce que ce n'était que par elle que je le connaissais. Comment deux êtres si différents avec des passions si contraires se rencontraient-ils et fusionnaient-ils ainsi ? Les paroles étaient inutiles, le corps, les yeux et les mains suffisaient. Si je m'essayais à lui dire quelque chose dans nos moments les plus intimes, elle mettait alors sa main sur ma bouche, taisant toute maladresse. Elle ne voulait rien entendre. Nous nous retrouvions grâce à cette harmonie. Je demande pardon à toutes les femmes que j'ai connues. Céline était ma divinité. Elle s'est enfuie. Je suis parti.

Oh ! Cette cheminée tire tellement bien que mon feu n'est plus que braises. Je vais remettre du bois pour encore l'entendre chuchoter. Voilà ! Un un peu de vent à l'aide du soufflet, et le feu est reparti, arborant des flammes ardentes et possessives, déchirant les bûches encore humides de neige. J'adore !

Cela m'énerve un peu. Je me relis et je m'aperçois que ce récit prend la tournure d'une rencontre avec moi-même. Après tout, pourquoi pas ? L'aventure attendra. Bien que tout ceci ne me plaise guère. Peut-être devrais-je tout jeter au feu ? Je vais aller réfléchir, m'oxygéner les poumons et la tête. Il faut que j'arrête de fumer.

Je suis resté assis dans la neige, le regard perdu dans la vallée, mais essayant de m'observer de l'intérieur. Je n'ai pas dû laver le miroir depuis longtemps, car je n'ai réussi qu'à distinguer une ombre qui me ressemble. J'avais le sentiment à cet instant que je faisais contraste, pour ne pas dire tâche dans cette immensité blanche. J'étais venu pour respirer, reprendre des forces, et voilà que je deviens triste, à la limite dépressif. Mais que m'arrive-t-il ? Mon séjour me fait l'effet inverse de ce que j'espérais. Il faut que je me ressaisisse au plus vite.

J'ai fait hier soir, après mon coup de déprime,

déclenché par je ne sais quoi, quelque chose qui n'est pas arrivé plus de cinq fois dans ma vie. À force de regarder le feu danser dans la cheminée, j'ai vidé peu à peu la bouteille de whisky et j'ai fumé pas mal de cigarettes. Tant et si bien, qu'à un moment, ce n'était plus le feu qui dansait, mais moi. J'ai laissé une pagaille qui, rien que de la voir, accentue mon mal de tête. Grand Dieu ! Que j'ai mal au crâne ! Et de surcroît, je trouve que j'ai une écriture de vieillard ce matin. Je ne sais pas ce qui m'a pris. La dernière fois que cela m'est arrivé, entre parenthèses, je m'étais bien juré de ne pas recommencer.

C'était lors de l'enterrement de vie de garçon de mon copain et ami de fac, Stéph. Il y a, je ne sais plus, huit ou neuf ans. Il faudra que je pense à le lui demander. Nous étions incapables de dire, le lendemain, comment nous étions rentrés. Nous avons eu plus tard, plusieurs versions, mais aucune ne nous a pleinement satisfaits. Nous sommes restés alors, sur un emploi du temps quelque peu sommaire. Tout ce dont je me rappelle, c'est une virée monstrueuse. Il ne faut donc pas espérer la fin de l'histoire car comme je le suggérais j'étais bien trop ivre pour que ma mémoire mémorise les évènements

Après un gargantuesque repas dans un restaurant classe, où du reste, nous nous sommes bien tenus, nous partîmes rejoindre les femmes des copains mariés. Puis, nous déambulâmes dans les rues pour nous retrouver devant l'entrée d'une boîte de nuit inconnue de nous tous. À l'issue d'une discussion un peu mouvementée, nous décidâmes à l'unanimité d'entrer. La musique était bonne. La décoration rouge nous surprit un peu, mais c'était spacieux. Agréable finalement.

Mais, sortir avec les femmes des copains c'est barbant, car aucun ne suit plus le mouvement de la rigolade. Tant et si bien que, Stéph et moi, comme s'il y avait eu transmission de pensée, d'un même pas, allâmes nous asseoir au bar, laissant les barbants à leurs canapés. Deux tabourets libres nous attendaient. En chœur, nous réclamâmes un double scotch. Et, nous voilà partis à nous raconter nos vieux souvenirs et des histoires d'hommes. La soirée s'écoulait. La population du dancing croissait par vague. Nous décidâmes alors de faire tomber quelques belles. Mais, nous n'eûmes pas le temps de descendre de nos tabourets. Deux jeunes déesses apparurent. Elles s'accoudèrent élégamment au bar, nous invitant à leur offrir à boire. L'instant d'étonnement passé, nous nous exécutâmes. Les deux demoiselles, brunes toutes les deux avaient, je pense, une envie tout aussi grande que nous, de s'amuser. La musique, l'alcool et les conversations allaient bon train quand tout à coup, j'aperçus Stéphane embrasser goulûment sa cavalière. Oui, oui, embrasser sa cavalière sur la bouche. Celui-là même qui allait se marier ! Je suis resté un moment stupéfait, me demandant ce qu'il faisait de

Babette. Sans doute, fut-ce encore de la transmission de pensée, mon ami, par-dessus l'épaule de sa brune cavalière, me sourit en faisant un clin d'œil et un geste de la main. Il m'invitait à en faire autant. J'en avais envie, mais je me suis senti tout à coup comme un adolescent, gauche, en totale contradiction avec mes principes. Mais l'alcool aidant, je mis par-dessus mon épaule, ces derniers. J'étais sur le point de me lancer en souhaitant vivement ne pas recevoir une gifle, quand des lèvres s'accrochèrent aux miennes. La jeune femme avait pris les devants. La surprise me fit garder d'abord les yeux grands ouverts. Enfin, je répondis à la douceur de ce baiser. C'était agréable, très agréable. J'appréciais cette grande et svelte fille qui ne devait pas avoir plus de vingt ans. Nous nous retrouvâmes bientôt, tous les quatre, au trois quarts de la nuit (je n'avais pas encore perdu totalement mes repères espace-temps) dans un appartement décoré avec beaucoup de goût dans un style moderne, mais pas froid. Le whisky coulait toujours, la musique aussi. La torpeur me gagnait. On dansa, on parla, et nous avons fait l'amour longtemps, librement. Comment sommes-nous rentrés ? Mystère... Car nous avons émergé et repris connaissance le lendemain dans l'après-midi, avec une gueule de bois d'enfer... chez moi. Nous n'avons jamais revu nos charmantes accompagnatrices qui auraient pu éclairer ce dernier point. Ce jour-là, ni la douche, ni le café n'eurent raison de nos maux de crâne respectifs. Le lendemain, j'étais témoin au mariage de mon ami, et inutile de dire que j'étais dans mes petits souliers dès que je me trouvais en compagnie de Babette. Ma conscience ne me laissait pas en paix et Stéphane qui me disait à chaque occasion et avec son plus beau sourire :

— Si tu caftes, je te casse la gueule !

Je le croyais vraiment.

Cependant, Babette sut tout, un jour où son mari avait un peu trop arrosé un repas d'amis dont je faisais partie. Et quelle ne fut pas encore, là notre surprise, lorsque nous vîmes Babette éclater de rire.

— Mais mes pauvres cocos, les deux nanas, ce sont des copines à moi qui en pinçaient tellement pour vous et depuis longtemps que l'occasion était trop belle !

Stéphane et moi nous regardâmes, la stupéfaction sur le visage. Babette continua.

— De plus mes petits chéris, je vous signale qu'elles étaient au mariage. Vraiment, vous êtes nuls !

Nos expressions l'amusaient beaucoup. Stéph me regarda à nouveau, mais cette fois avec le sourcil froncé, me lançant un grand coup de pied sous la table.

— Faux jeton, c'était un coup monté et tu le savais !

— Non ! lui répondis-je, appelant au secours Babette du regard.

— Et ça, c'est quoi ? continua mon ami, d'un ton menaçant tendant son doigt vers mes yeux et allongeant le geste vers Babette.

— Je ne savais rien et je n'ai pas cafté. Et les deux filles, je ne me rappelle pas les avoir vues à ton mariage ! Et puis, tu étais là, toi, non ! Tu aurais pu t'en apercevoir !

— Certes, mais jure que tu n'es pas complice, jure-le ! Il s'était levé, le poing menaçant, mais l'œil rieur.

— Je le jure, dis-je.

Mais je le savais bien capable de tenir sa promesse. Il se rassit.

— Bon ça va, tu as de la chance d'être mon ami ! termina-t-il, le sourire aux lèvres, clignant de l'œil vers Babette... cette fois-ci !

— Mais... poursuivit-il intrigué, s'adressant à Babette, elles vraiment étaient là, le jour du mariage ?

Elle haussa les épaules puis disparut dans la maison. Elle réapparut chargée de leur photo de mariage.

— Amuse-toi à les trouver sur la photo de groupe.

Nos amis, qui n'avaient rien dit, crurent un instant que la scène allait tourner au vinaigre entre nous deux. Mais jamais nous ne l'aurions fait. Notre amitié datait et elle était trop sacrée pour que l'on se fâchât pour si peu. Nous cherchâmes longtemps les deux filles sur la photo, sans les trouver. Babette nous maintenait qu'elles étaient là et que tant que nous ne les trouvions pas, elle ne dirait rien. En fait, sur cette photo, il y a avait beaucoup de personnes dont les noms et les visages nous échappaient totalement. Je ne sus jamais la fin de l'histoire, si toutefois, il y en a une !

J'ai fumé une cigarette dehors. Cela m'a un peu éclairci les idées. L'air est franchement vif. Il fait très beau. La cime des montagnes se découpe nettement du ciel, comme taillée à coup de cutter. Le Soleil inonde la pièce et me ravit. J'avais oublié combien sa chaleur peut faire du bien.

Sacré Stéphane ! J'ai rencontré ce grand gaillard, un jour de grosse pluie, sur le bord d'une route. Passant en voiture en sens inverse, je m'étais arrêté. Il avait l'air vraiment embêté. Il avait crevé et ne trouvait pas la clé pour dévisser sa roue. Quand il me raconta sa mésaventure, le fou rire me prit. Ce grand gaillard costaud, enquiquiné par une clé qu'il ne trouvait pas. C'était trop drôle, d'autant que ce genre de pépin me colle parfaitement à la peau. Après avoir changé cette roue, avec ma clé, nous avons bu un café dans le premier bar rencontré. Nous sommes devenus copains.

Nous venions tous les deux d'entrer à l'Université. Au fur et à mesure de notre conversation, nous découvrîmes que nous fréquentions la même. Il aimait le sport, le rugby en particulier, qu'il pratiquait encore à cette époque. Il voulait devenir architecte. En ce qui me concerne, j'errais en lettres, ne sachant pas bien encore du haut de mes dix-neuf ans, ce que je voulais faire de ma vie. Je savais juste que les mots me fascinaient. J'ai su bien plus tard, ce que j'allais devenir.

À propos de devenir, soyons bien clairs ! Je ne suis pas venu ici me guérir de Céline. Il n'y a eu aucun drame et je n'ai pas de chagrin à apaiser. Je suis ici pour le calme. J'ai besoin de calme comme on a besoin d'amour. D'ailleurs, qu'est-ce que c'est que l'amour ? Il faudra un jour, que je me penche sérieusement sur le petit comme le grand A de ce mot. J'y ai cru et puis, le sait-on seulement quand on le tient ? J'ai voulu cet exil comme une récréation à ma vie que je ne contrôlais plus.

Tiens ! Le ciel s'est couvert d'un seul coup. La neige recommence à tomber. C'est le silence qui tombe en minuscules morceaux de dentelles et qui se pose comme ça, sans critère, pour faire naître un magnifique tapis blanc bleuté, moelleux et craquant, enveloppant tout, comme s'il voulait protéger la nature d'un danger que lui seul soupçonne. Les ombres s'installent et la crête des montagnes se colore de rouge orangé, laissant ainsi la certitude que demain sera une belle journée.

J'aime le crépuscule de cette région. Lorsqu'il a fait beau et que le Soleil est passé derrière les cimes, le ciel devient rouge et les derniers rayons de soleil peignent les pics en bleu rosé. Seul un artiste-peintre pourrait fidèlement reproduire ce mélange de couleurs. Puis, la nuit tombe alors rapidement, faisant des montagnes des choses difformes et menaçantes, avec des reflets étincelants comme des diamants, rendant la neige encore plus belle. Le temps s'immobilise, c'est époustouflant. Cela m'émeut. Tant de beauté que les villes ont oubliée trop occupées à des impératifs qui n'en sont pas. La vie au ralenti me fait retrouver l'essentiel et la sérénité. Je prends conscience du don sublime qu'est la vie.

Voilà dix semaines que je suis ici et la solitude ne me dérange nullement. Je descends assez régulièrement au village me ravitailler. La nature est recouverte par presque deux mètres de neige. C'est un régal. Faire d'interminables promenades sans rencontrer âme qui vive où que ce soit. Je vais souvent vers le ruisseau. Entendre le clapotis de l'eau qui tente de se frayer un chemin me ravit et j'aime cette lumière pâle de l'hiver ainsi que la chaleur douceâtre du Soleil.

Il n'a pas neigé depuis quatre jours. Le temps est radieux, idéal pour les randonnées prudentes. J'ai la sensation d'avoir presque chaud alors que le thermomètre avoisine le moins quinze degrés depuis que le ciel s'est totalement dégagé. La neige est d'autant plus dangereuse qu'à l'ombre des sapins, une épaisse couche de glace s'est formée. Sous l'effet des rayons du soleil, les branches se débarrassent par paquets de neige qui dégringolent dans un bruit soudain et sourd.

Les oiseaux se rassemblent maintenant sur la terrasse, pratiquement à heures fixes. Les deux bergeronnettes ont sans nul doute fait passer le mot à savoir qu'au chalet Fontayne on pouvait faire ripaille. Je suis bien content de leur offrir peut-être la survie. Un lapin a détalé entre mes jambes ce matin lorsque je suis allé soutirer quelques bûches. Je crois qu'il a trouvé là, un refuge solide. Je n'irai pas le déranger de crainte qu'il ne se sauve et qu'il soit à la merci d'un renard, qui l'a peut-être déjà repéré. La dure loi de la nature ! Chaque être est toujours menacé par quelque chose ou quelqu'un, quand ce n'est pas la maladie. Mais cela fait un tel ensemble si harmonieux, bien que cruel, que l'on croirait que c'est un musicien qui, pris d'une inspiration si profonde, a écrit cette symphonie. Il fut tellement heureux de ses accords qu'il la joue et rejoue sans cesse.

Je respire, je revis. Même si l'on me cherche, il faut avoir un sacré flair pour me dénicher, car si mes souvenirs sont bons, je me suis toujours dispensé de dire où se cachait mon autre repaire. Vivre en toute liberté. Ne pas être constamment épié par je ne sais quel petit paparazzi. Ne plus lire des insanités inimaginables dans des journaux plus ou moins douteux. Il est vrai que l'on me dit assez beau garçon avec un certain charme. Mes cheveux bruns, mais pas noirs, mes yeux clairs, mon corps long et sculpté malgré moi, pourraient me faire ressembler à un de ces types tout droit sortis d'un spot publicitaire. La nature m'a privilégié, mais je n'en ai jamais profité. Je trouve cette attitude dégradante et je n'ai jamais recherché à être un play-boy pour valoriser mon tableau de chasse. Tableau de chasse ! Quelle horrible expression ! Je sais qu'à trente ans, beaucoup de mes congénères sont mariés, père de famille, mais je n'ai pas l'âme à mener ce genre de vie. Pourtant, les journaux ne se sont pas gênés pour m'offrir les plus belles filles du show-biz. Ils m'ont mené la vie dure. C'était infernal. Je trouvais toujours un appareil photo sur mon chemin. Il a fallu que je me cache pour trouver un semblant de tranquillité. Mais, la promotion m'obligeait bien à sortir. Tout ce petit monde me semble totalement superficiel et ne m'intéresse nullement. C'est pourquoi je me suis toujours employé à ne faire, je crois que le minimum, mais c'était déjà trop. Mais, le trop a très vite pris un maximum de mon temps. Je hais la foule, les repas de convenance, et tout ce tape-à-l'œil.

Il faut que je m'occupe un peu du Chalet. Le désordre règne.

J'ai quand même attendu deux jours pour le faire ce ménage. Mais il est fait ! Ce n'est pas une plaisanterie ! De plus, je me suis enfin décidé à rallumer le chauffage, car il me semble que le thermomètre s'amuse à descendre encore. Et ce vent qui souffle depuis hier ! Il me donne l'impression de pénétrer par tous les espaces possibles exprès pour venir me chatouiller. Brrr ! Plus aucun papier en vue, tout a disparu en fumée dans la cheminée. Cela fait maintenant vide. C'est beau, froid et angoissant. Je perds mon inspiration. Décidément, ça ne va pas ainsi. Je crois que je vais me dépêcher de remettre un peu de désordre. C'est désolant les choses bien rangées, on dirait qu'il n'y a plus de vie, que tout est devenu artificiel. Affreux ! Vraiment affreux ! Dorénavant, je laisserai en bazar. Il me semble que la pièce est aussi glaciale qu'un congélateur.

Je me demande si je ne vais pas rester plus

longtemps ici. J'apprécie cette vie de reclus. Pas de téléphone, pas de klaxon, pas de cris. Je déménagerai sans doute lorsque je déciderai de retourner à la vie urbaine. Mais franchement, une telle récréation me donne envie de la prolonger, de la prolonger... le plus longtemps possible.

Si seulement le vent se calmait un peu, je pourrais bien aller faire un tour, mais il semble que la météo ne soit pas très optimiste pour les heures à venir. Heureusement, l'orientation du chalet calme un peu les ardeurs de ce vent du nord, bien que les pics fassent aussi écran. Les arbres n'ont plus leur beau manteau de neige, tellement ils sont malmenés. Le vert est redevenu la couleur dominante du paysage. Ce doit être resplendissant ici, l'été. Je suis toujours venu en hiver même lorsque j'ai acheté ce chalet. Je voulais un endroit paisible pour m'adonner aux joies du ski sans l'inconvénient de la foule, des files d'attente et des remonte-pentes. En ce lieu, j'ai découvert le délice des longues promenades et lorsque la tempête fait rage, j'aime à rester assis près de la cheminée entendre le souffle du vent attiser les braises.

Céline vient brutalement heurter mes pensées. Une scène me revient.

– Vas-tu t'arrêter d'écrire un peu ? Espèce de cinglé du papier ! me disait Céline lorsque nous venions. Il y a des choses nettement plus captivantes dehors que tes gribouillis.

Elle me tirait sans ménagement. Mais, l'idée de découvrir quelque chose me fit éteindre ma cigarette à moitié consumée et me précipiter dans mes chaussures de ski. Après une course folle, nous arrivions essoufflés au ruisseau rapetissé par les glaces et la neige. Je reculais un peu pour éviter de me retrouver dans l'eau si la glace cédait.

– Eh ! Attention ! Tu vas les briser ! s'exclama-t-elle.

Surpris, je sursautais me demandant ce que je pouvais bien casser. Tout en interrogeant Céline du regard, je fis un prompt rétablissement d'un coup de bâton pour me retrouver à ses côtés.

– Regarde.

– Qu'est-ce qui se passe ? dis-je toujours interrogateur.

– Tu ne vois pas, là, devant toi. Elle s'était penchée me montrant de petites bosses sous la neige.

Soudain, je vis les perce-neige à peine visibles, tant ils avaient de la peine à transpercer la neige. Elle s'en réjouissait. Cette découverte m'avait rendu joyeux à mon tour.

– Si nous en cherchions d'autres, nous pourrions faire un très joli bouquet ! lui dis-je.

– Oui, ce serait joli, mais si nous les cueillons, que restera-t-il aux jeunes lapins ?

— Ah, parce que ça mange les perce-neige ?

— Je ne sais pas. Sans doute, ils ne doivent pas avoir autre chose, tout est couvert de neige.

Elle pensait à tout. J'aurais aimé lui offrir ce bouquet, mais tout à coup je m'excusais et je m'imaginais offrir ces fleurs à des lapereaux ragaillardis, tellement heureux de ce don inattendu.

La première fois que j'ai présenté le chalet à Céline, c'était après le mariage de Stéphane, peu de temps après notre rencontre. Une rencontre aussi simple que banale, mais si magique. C'était dans une librairie. Un magasin tout en longueur, avec des livres pleins les étagères sur les deux murs et avec un immense étalage sur tréteaux qui en encombrait le milieu. Je feuilletais une nouveauté quand j'ai levé les yeux. De l'autre côté de l'étal, une magnifique créature rousse, des cheveux bouclés dégringolaient sur ses épaules. Je fus fasciné par son regard doux et profond. Nous restâmes là, immobiles, je ne sais combien de temps à nous regarder. Elle détourna ses immenses yeux verts et s'en alla, simplement en n'ayant rien dit. Je suis resté cloué un instant, continuant à la regarder s'éloigner. Soudain, un irrésistible besoin de l'entendre parler me tenailla. Je l'ai rattrapé dans la rue.

— Excusez-moi, Mademoiselle, je m'appelle Julien et vous ne pouvez pas partir comme ça. Je souhaiterais que vous me parliez et vous offrir un verre.

Elle a souri et je me suis senti transporté par je ne sais quoi. Pourvu qu'elle parle.

– Je suis d'accord avec vous. Je ne peux pas partir comme ça et je boirai bien un café, me répondit-elle avec le même sourire.

Sa voix était aussi douce que son regard. Je ne la quittais pas des yeux. Nous avons siroté notre café à la terrasse du premier bar qui me parut suffisamment convenable malgré l'hiver. Nous avons parlé, parlé jusqu'à la nuit. Je l'ai raccompagnée chez elle et… je n'en suis jamais reparti.

Combien de temps ça fait ? Oui, c'est ça : dix ans ! Cela fait dix ans et on dirait que c'était hier. Pourtant, il ne me reste qu'un bout de papier. J'aurais pu lui offrir plus de mon temps, mais ma passion pour l'écriture ne s'explique pas. L'écriture m'appelle, me boit, m'ingurgite. J'aimais Céline. Peut-on avoir deux amours ? Vous allez me dire que je suis cinglé de considérer à un même niveau Céline et mes feuilles de papier. Mais, ne sont-elles pas féminines, elles aussi ? Au lieu de les déshabiller, je les habille. Cacher cette nudité, Mesdames ! Mais avec elles, j'ai écrit mon premier livre et avec Céline, j'ai eu le best-seller. L'éclatement. Le doigt dans l'engrenage.

Eh, bien ! Il m'a fallu une semaine pour reprendre la plume. Je me suis calmé. J'ai passé mes journées dehors, à découvrir la faune et la flore toujours plus loin. Il m'est même arrivé de rentrer très tard. Je me guidais aux rayonnements de la Lune et m'orientais aux lueurs du village. Mais ce soir, je n'ai pas envie de sortir. Le vent glacial s'est remis à souffler sans ménagement. Il pénètre partout et me glace les os. Je pense que cela va nous gratifier d'une magnifique tempête dans quelques heures. C'est dans ces moments que l'on risque de se faire prendre par la montagne, car comme chacun sait, le temps peut changer à une vitesse incroyable. Même si aujourd'hui, je connais bien les environs, je sais à la senteur de l'air et au vol des oiseaux, le temps dont nous allons bénéficier. Mais depuis, hier, la prudence est de rigueur. Il se pourrait bien qu'il y ait des avalanches. La neige n'a plus la même texture.

Mon feu de cheminée est plus ardent que jamais, attisé par le vent. Je ne me souvenais pas qu'il puisse souffler si fort. Cela me rappelle le mistral dans le Midi. Céline adorait cette région. Décidément, elle me revient sans cesse à l'esprit, et je me surprends à me rappeler sa dernière venue. Elle évoluait dans cette pièce, sortant du bain, une serviette autour du corps et les cheveux ruisselants d'eau.

— Tu ne crois pas que l'on devrait, un peu se tenir au courant des nouvelles du monde. J'ai l'impression de vivre en recluse. Je n'aime pas ça, j'angoisse.

— Tiens, je ne te connaissais pas cette tendance, dis-je, me moquant d'elle.

— Ne sois pas moqueur ! Tu vois bien que de ne pouvoir sortir avec ce temps épouvantable me rend nerveuse.

— Oui, ça, je vois, mais je connais un moyen de faire passer ça. Lui dis-je la regardant avec toujours le même sourire accroché à mes lèvres.

Pour seule réponse, j'eus droit à un haussement d'épaules. Je compris qu'elle n'était vraiment pas bien. Je me levais et allais entourer ses épaules, de mes bras.

— Pourtant, tu semblais heureuse de revenir ici.

— Oui, je suis contente d'être là avec toi, mais comprends que j'étouffe. Ça suffit, je veux redescendre.

Avec le recul, je me rends compte qu'elle ne m'avait pas répondu. J'avoue que j'ai toujours eu du mal à comprendre ce qu'elle ressentait. Là où il y avait de grands espaces, elle se sentait enfermée. Sans doute, parce qu'elle avait toujours vécu dans le tumulte de la ville cacophonique, le silence et l'immensité de la montagne créaient chez elle un état d'angoisse difficilement gérable. Quand il faisait mauvais temps, elle tournait dans le chalet comme un lion en cage, le visage complètement fermé. Nous sommes repartis le lendemain, il n'y avait pas six jours que nous étions arrivés. Au retour, je l'avais vu revivre et s'épanouir à nouveau. Moi, je m'étiolais, n'osant plus sortir.

Enfin, cela fait près de trois mois que je suis là, je vais peut-être m'informer. Allumer la télévision afin de savoir ce qui se passe. J'ai presque l'impression que c'est de la curiosité malsaine. Je ne sais pas si c'est une bonne invention. Montrer le malheur des autres, scruter le malheur des autres pour s'apitoyer un instant, et l'oublier l'instant d'après, alors que finalement, les images-chocs sont inutiles pour celui qui regarde un peu autour de lui. La télévision banalise la souffrance au point de n'avoir de la compassion que lorsque l'on appuie sur le bouton marche, histoire de garder bonne conscience.

Eh bien ! Je me suis endormi devant la télévision. C'est le son tonitruant d'un film américain qui m'a sorti des bras de Morphée. C'est fou ce que ça m'a intéressé ! Mais au fait, je n'entends plus le vent ! J'ai mis le nez dehors. C'est de nouveau le silence. La neige tombe à gros flocons. C'était à prévoir. Il est temps que j'aille dormir un peu.

J'ai dormi comme un bienheureux. Et j'ai une faim de loup qui va me faire descendre au village, car mes réserves se sont appauvries en dessous du seuil du minimum vital pour un repas. Bien des mots, pour dire que je n'ai plus rien à manger ! Mais attendez ! Je ne suis pas encore parti. Je viens de découvrir qu'il me restait des châtaignes que les vers ont négligées.

– Bon appétit Julien !

Je ne sais pourquoi la pensée de Céline me revient. Je n'arrive pas à comprendre. Elle voulait que j'écrive. L'écriture m'a emporté dans un tourbillon tel, qu'il m'a fallu faire une cassure nette pour que je puisse à nouveau respirer. C'est la raison de ma présence ici. Mais, il est vrai qu'une présence féminine dans cette immensité blanche serait appréciable. Vous allez dire que je ne sais pas ce que je veux. Fuir la civilisation et avoir soudain envie d'une femme, c'est d'une contradiction ! Je suis peut-être frappé après tout. Je me répète.

Néanmoins, il m'a bien fallu descendre au village. Mais pourquoi donc, faut-il toujours que les circonstances fassent que l'on descende à vide vers un lieu quelconque, et que l'on doive toujours remonter, alourdi par je ne sais quelle charge ! Je remarque souvent cet état de fait. Bref ! Il m'a fallu un temps fou pour remonter le coteau. La neige tombée cette nuit et mon sac à dos plein à craquer m'ont fait le pas lourd et les traces profondes. Mais ça ne m'a pas fait arrêter de fumer !

Joyeux Noël !

Iona Louis

2

STEPHANE

Comment exprimer ma joie lorsque j'ai découvert les premiers bourgeons ? L'air n'a soudain plus la même odeur. Les animaux font apparaître une certaine gaieté qui laisse deviner la future fête du printemps.

Je me suis enfin décidé à appeler au téléphone Stéphane. Je me suis littéralement fait engueuler. Plus de six mois sans nouvelles l'avaient laissé très inquiet. Il m'a cherché partout et était presque fâché que je fasse fi de notre amitié. Il m'a dit qu'il avait même retrouvé Céline. Elle ne savait rien et qu'elle n'en avait rien à faire, car elle-même avait décidé de partir. Son étonnement fut grand, car bien sûr, il ne savait rien. Bref, pour sortir de cette engueulade, je lui ai proposé de venir me rejoindre. Je savais qu'il adorait la montagne et que prendre l'air lui ferait sans doute le plus grand bien. Après m'être assuré qu'il ne préviendrait personne, je lui ai indiqué l'adresse du chalet et que je l'attendais pour le week-end.

Nous étions samedi et j'étais à la fois heureux et angoissé lorsque j'ai aperçu la grosse Ford dans les virages de la route en contrebas. Je savais que c'était lui. J'ai paniqué un instant. Le Chalet était-il assez bien ? Ne manquait-il rien ? Allait-il aimer l'endroit ? Une foule d'interrogations de ce genre se bousculait. Mais, il allait sans doute me répondre sans lui avoir posé une seule de ces questions. Mon excitation était à son comble.

J'étais vraiment heureux de le voir. Toujours la même dégaine, chemise ouverte et jeans, été comme hiver, les cheveux mi-longs lui donnant un air sympathique malgré une stature impression-nante.

— Alors vieux, j'espère que tu ne me feras plus des coups pareils. J'ai appelé tout le monde y compris ton éditeur qui n'a pas pu plus m'en dire.

— Pardonne-moi, j'ai eu une envie subite de prendre l'air, j'avais l'impression de ne plus pouvoir respirer et de ne plus m'appartenir. Je ne supportais plus les journalistes et le reste.

— Tu me raconteras tout ça. Je crois que je peux comprendre. Je ne suis pas sûr de pouvoir supporter une telle pression. Bien heureusement, je ne connais personne de ce milieu ! Dis donc, tu as l'air superbement bien installé !

— Je ne me plains pas.

Tout en déchargeant la voiture, il m'informa des derniers cancans qu'il avait glanés dans la presse. Soudain, je l'interrompis dans son monologue :

— Et Babette, comment va ta femme ?

— Babette, bien, très bien. Il s'arrêta et sourit.

— C'est tout ! Oh ! toi ! À voir ta tête, je te connais trop bien, tu me caches quelque chose !

— Oui, mais je ne voulais pas te le dire de suite.

— Me dire quoi, attends un instant que je réfléchisse..., et soudain une idée me vint.

— Ah ! Ça y est, j'y suis. Tu vas être papa !

— Dans le mille, me dit Stéphane en me tapant dans le dos. Et c'est fabuleux. Je n'y croyais plus. Et pour ne rien te cacher, Babette désespérait.

Je le coupais encore dans son élan.

— Et je peux savoir pour quand est prévu l'heureux évènement ?

— Début juillet, normalement, dit Stéphane presque platement.

Je le taquinais à nouveau.

— Tu attends toujours que j'aie le dos tourné pour faire des coups en douce !

— Eh là ! Qui fait les coups en douce ? Je n'ai pas disparu moi !

Piqué, je fis la grimace.

— Tu lui as dit où j'étais ?

— Non, je lui ai simplement dit que je devais partir pour affaire, qu'il était impératif que je vienne seul pour des questions de confidentialité. Néanmoins, je lui ai promis de l'appeler demain. Il n'empêche qu'elle a usé de tout son charme pour avoir des indices voire des aveux, dit Stéphane d'un ton rêveur en souriant.

— Je ne pense pas qu'il faille la laisser trop longtemps dans l'ignorance vu son état.

— Je suis bien de ton avis. Mais, je voulais que la demande vienne de toi. Je ne sais pas trop ce que tu as dans la tête. Les artistes sont tellement farfelus !

— Idiot ! Quand je t'ai dit de ne prévenir personne, cela n'incluait pas Babette, bien sûr !

Stéphane disparut de nouveau dans son coffre.

— Néanmoins, ce qui l'étonna le plus dans mon escapade... c'est ça, me dit-il en me lançant une pile de journaux que je faillis ne pas rattraper.

— Mais qu'est-ce que c'est que tout ça ? Aurais-tu peur de t'ennuyer ?

— Mais pas du tout ! C'est pour toi.

— Moi ? Tu es bien gentil, mais je crois que ce tas de papier fera plus vite l'affaire de ma cheminée que de mes yeux !

— Ah ! Très bien, j'avais bien pensé.

— Pensé quoi ? dis-je interrogateur.

— Eh bien ! pensé qu'il te manquât quelque chose.

Nous éclatâmes de rire. Nous rentrâmes, chargés comme des baudets dans le chalet. La pile de journaux trouva naturellement sa place près de la cheminée.

Stéphane reprit la parole.

— Décidément, tu ne changes pas ! Ton rangement dans ton bazar. Babette serait horrifiée.

Il montrait du menton ma table et ses alentours.

— Aah ! Surtout, tu laisses ça comme c'est, sinon je vais me perdre. Je me suis toujours battu avec les femmes à cause de ça. J'ai beau essayer de me discipliner, il n'y a rien à faire, je n'y arrive pas.

— Puisque tu parles de femmes, j'aimerais que tu m'expliques le pourquoi de votre séparation et...

Je l'interrompis à nouveau.

— Il n'y a rien à dire, dis-je soudain très sérieux.

Un silence s'installa. J'en profitais pour lui montrer sa chambre. Stéphane me réclama aussitôt la salle de bain.

Pendant ce temps, un petit remords me serra la gorge et je me reprochais de ne pas en dire plus à mon ami. Mais quoi dire au fait ! Je me remis, alors à ranger très sérieusement, comme un enfant à qui l'on vient de donner l'ordre de ranger sa chambre. Ceci tant et si bien, qu'une fois le rangement terminé, j'eus l'impression que le chalet était deux fois plus grand. Décidément, je ne m'y ferais pas. Je déteste.

Un peu plus tard, Stéphane réapparut, une serviette autour de la taille et une autre dans les mains se frottant les cheveux gorgés d'eau, son regard étonné m'amusa.

— Eh bien ! Qu'est-ce qu'il s'est passé ici ? Il y a eu un ouragan ? Je n'ai pourtant rien entendu !

— Non, j'ai simplement ouvert les fenêtres et le vent a fait tout le reste, dis-je en riant.

— Ah bon, j'ignorais cette méthode !

Les rires remplirent le chalet.

— Bien !

Je saisis mon paquet de cigarettes que j'avais laissé sur la poutre de la cheminée. J'en extirpais une. Jetant un coup d'œil dans la pièce, il me semblait qu'il manquait quelque chose. J'avais l'humeur taquine.

– Tu ne trouves pas qu'il manque quelque chose ?

Stéphane me regarda en se demandant ce qui me passait encore par la tête.

– Non, je ne remarque rien, mais je préfère attendre ta réponse au risque de dire encore une bêtise.

– Des fleurs. Je trouve que ça manque de fleurs.

Stéphane se laissa tomber sur le canapé.

– Alors là, je trouve que l'exil a assez duré. À moins que ce ne soit l'altitude... ou mon arrivée qui t'a complètement troublé !

– Troublé ! Heureusement que Babette n'entend pas ce que tu dis, elle se poserait des questions.

Il allait me répondre, mais je le coupais dans son élan.

– Pardon, c'était une boutade !

Le visage de Stéphane se détendit. Il lui arrivait encore de ne pas savoir quand je plaisantais ou pas.

– Ah ! Tu me soulages, j'ai eu un instant peur pour ta santé ! Bien, je vais m'habiller.

Stéphane se leva du canapé et disparut dans sa chambre.

– Tu bois quelque chose, lui criais-je.

– Oui, je veux bien.

– Que veux-tu ? J'allais lui énumérer le contenu de mon bar, mais il continua :

– La première bouteille qui te vient m'ira.

Je servis alors deux whiskies bien tassés.

Stéphane entra vêtu d'un jogging qui lui seyait à merveille malgré sa stature. Nous nous mîmes à discuter des dernières nouvelles de la civilisation quand Stéphane revint à la charge.

– As-tu eu des nouvelles de Céline ?

– Non.

– Même pas un petit mot ou un message sur ton répondeur ?

– Non te dis-je !

– Je ne comprends pas.

– Qu'est-ce que tu ne comprends pas ?

– Eh bien, cette séparation si subite, ton départ aussi prompt.

– Qu'est-ce que tu veux comprendre ? Il n'y a rien à comprendre. Et, puis ça ne te regarde pas.

Stéphane me regarda la mine faussement boudeuse. Pourtant, il continua.

– Pourtant, continua Stéphane, je suis sûr que vous vous aimiez, comme je suis sûr que ton départ a un rapport avec elle.

— Écoute, si tu es venu pour m'empoisonner la vie, je te conseille de prendre tes cliques et tes claques bien vite. Tu es mon ami, mais sur ce coup-là, tu commences à m'agacer. Et puis, il me semble t'avoir déjà donné les raisons de mon exil ici. Tu ne vas pas commencer à faire comme tous ces journalistes à aller à tout prix chercher le truc ou la chose qui pourrait nourrir un torchon. Alors s'il te plaît, arrête !

Mais il insista du regard.

— Touché.

— Écoute, on ne va pas se fâcher pour une fille…

— Il s'agit de Céline en l'occurrence, coupa Stéphane.

— Soit ! Céline est partie. Elle l'a voulu. Je l'accepte, bien que les raisons m'échappent. L'hiver ici, ne m'a apporté aucune réponse.

Julien s'arrêta un instant.

— Néanmoins, c'est vrai qu'elle était étonnante. Il m'arrivait d'avoir l'impression qu'elle sortait d'un autre temps, pharaonique. Elle me semblait être intouchable parfois.

— Bien, c'est bien ce que je dis, insista Stéphane, tu ne fais pas semblant.

— Semblant de quoi ?

— De l'aimer ! Tiens, pardi ! L'assimiler à la Déesse Isis, il faut en tenir !

— Tu es jaloux ou quoi ?

— Non, Dieu m'en garde ! Je ne cherche qu'à te décrisper. Tu as des rides qui ressemblent aux gorges du Verdon !

— Des rides aux gorges du Verdon ! Tu t'es vu toi, avec ton teint blafard de citadin, tu aurais bien besoin d'une bonne marche en altitude, lui dis-je en lui balançant le premier coussin qui me tomba sous la main.

— Pari tenu, me dit Stéphane.

Nous continuâmes à nous chamailler un peu, à coup de coussin.

Le soir était tombé depuis longtemps. Je ne m'étais pas rendu compte de la douceur de l'air. Le printemps réveillait petit à petit la campagne. La neige disparaissait et commençait à laisser derrière elle la boue.

Après notre repas, pris à même le sol près de l'âtre, nous avons décidé d'aller, le lendemain, si le temps le permettait bien sûr, faire une longue promenade sur les crêtes.

Levés à l'aube, nous nous retrouvâmes pratiquement simultanément l'œil vide et le cheveu hirsute dans la cuisine. Après un copieux petit déjeuner et s'être préparé quelques sandwiches, nous nous équipâmes et prîmes le chemin des cimes.

Il faisait merveilleusement beau. Le ciel était pur. L'air vivifiant. Les oiseaux tournoyaient, sifflaient, faisaient des cabrioles insensées. On voyait les écureuils se presser. Les lapins, d'abord curieux, s'arrêtaient un instant, à notre passage et détalaient de plus belle. On entendait des bruits de fuites dans les feuillages, mais on ne voyait rien. On sentait la frénésie gagner la faune. Au bout de deux heures de marche, les sapins se faisaient plus rares et le soleil plus ardant.

– Je jette l'éponge, je n'en peux plus. Je ne peux pas aller plus loin, me dit Stéphane en s'écroulant sur un tronc d'arbre couché, le front perlé de sueur.

– Tu as intérêt à remettre ta casquette si tu ne veux attraper la plus belle crève de l'année, m'asseyant à côté de lui, ravit qu'il ait décidé enfin de s'arrêter. Le poids du tabac commençait très sérieusement à se faire sentir. Aller à ski est quand même moins fatigant.

– C'est vrai que c'est beau ! s'exclama Stéphane. On est taré en ville. Toujours à courir pour finalement ne rien voir. Mon Dieu, j'ai oublié Babette !

– Ah bravo ! Digne mari !

– Non ! Attends ! Je suis un peu déconnecté depuis hier. J'ai l'impression de me retrouver au temps de l'Université. Et puis cet enfant, c'est un peu irréel. Tu n'en aurais pas voulu un, toi ? me questionna Stéphane.

Il se mordit la lèvre inférieure, se rendant compte dans le même temps, qu'il avait fait une gaffe. Je ne lui répondis pas de suite.

– Où veux-tu en venir ?

– Nulle part ! Excuse-moi.

Un long silence se glissa entre nous. Nous avons sorti nos casse-croûte respectifs que nous avons dévorés à belles bouchées tellement la promenade nous avait creusés. On observait la nature. Je crois que Stéphane était plongé dans la béatitude de l'environnement et de père qu'il devenait. Enfin rassasié d'air, de nourriture et du panorama, mon ami se leva promptement.

– Désolé, ce n'était pas mon intention de te froisser. Bon alors ! On la continue notre petite marche ou on rentre en boudant !

Et il alla se dégourdir les jambes à quelques dizaines de mètres de là où par endroits, existait encore pas mal de neige. Il fit quelques boules et il se mit à me bombarder. La bataille dura un bon moment jusqu'à ce qu'épuisés, nous nous écroulâmes de concert dans la neige, le visage tourné vers le ciel. Cette fois-ci, la crève nous pendait au nez !

Mais ce n'était pas la priorité de nos pensées.

En fait, les miennes s'en allaient doucement vers ce ciel bleu, magnifique, printanier. Je me demandais pourquoi Stéphane insistait tant au sujet de Céline. Ça m'agaçait. Je n'osais lui poser la question, car je savais qu'il allait revenir au pas de charge. Puis, à croire qu'il lisait dans mes pensées, il interrompit ma rêverie. Il raisonnait tout haut.

— Pourtant, il y a quelque chose qui cloche.

— Hein ? dis-je la bouche fermée.

Il s'arrêta, réfléchit et reprit terminant son raisonnement :

— Oui, j'en suis sûr, c'est bien ce que je disais. Tu es fou amoureux d'elle et tu ne veux pas le reconnaître parce que tu as peur de te faire mal.

— Ah ! Ça suffit ! Je vais me fâcher.

Une bagarre amicale s'en suivit et lorsque, cette fois-ci complètement épuisés, nous nous sommes rendu compte dans quel état d'humidité nous étions, et surtout du ridicule de la situation, nous avons éclaté de rire, comme nous éclations de rire lors de nos vingt ans.

— Et ce n'est pas le tout, il faut redescendre maintenant !

✳

Nous rentrâmes presque à la nuit. Stéphane s'empressa de se doucher et de descendre au village en espérant que la Poste ne soit pas fermée. Ça l'aurait désolé de devoir laisser Babette dans le flou et l'inquiétude. On ne sait jamais ce qu'il se passe dans la tête d'une femme dans ces cas-là. Il semblerait que beaucoup se fabriquent des scénarios qu'un producteur de cinéma aimerait bien avoir imaginés. Enfin, il arriva sur la place. Il se précipita à l'intérieur du bureau de poste.

— Bonsoir, madame, puis-je encore téléphoner ?

— Oui, bien sûr, répondit la guichetière entre deux âges. Elle regardait par-dessus ses lunettes.

— La deux, continua-t-elle en lui montrant du doigt la cabine située dans un renfoncement de la pièce.

— Merci madame.

Stéphane entra. Cela sentait le vieux. La cabine était faite de bois, noirci par le temps et la crasse. Le téléphone aussi était une relique. Après un court instant d'immobilité, il essaya de faire au plus vite le numéro, mais la fébrilité le gagna tant il vit que le cadran du téléphone mettait tout son temps à revenir au point zéro. Finalement, à l'autre bout, ça sonnait.

— Allô chérie, c'est moi, tu vas bien ?

— Heureusement que tu ne m'avais pas donné

d'heure, je commençais à m'inquiéter. Je te le dis, ce petit, je le ferais toute seule !

– Ne dis donc pas de bêtises. Comment tu vas ?

– Très bien, répondit Babette avec une assurance qui déconcerta un instant Stéphane.

La contradiction dans le raisonnement de sa femme, encore accentué par son état de femme enceinte, le laissait perpétuellement perplexe. Mais il aimait ça. Pour l'instant, il décida de ne pas relever et voulut continuer la conversation quand Babette le coupa :

– Où es-tu ou est-ce encore un secret d'État ?

– Non, ça n'a jamais été un secret d'État, mais une promesse que j'avais faite à Julien.

– À Julien ? Explique-toi, je ne comprends rien.

– Bien, je t'ai dit l'autre jour que je devais partir pour affaire. En fait, ce n'était pas exact, car j'ai eu un appel de Julien qui m'a demandé de le rejoindre, mais à la seule condition que je ne dise rien à personne. Je l'ai pris au pied de la lettre, c'est pour cela que je ne t'ai rien dit...

– Bon, et alors, où est-il ?

– Il s'est réfugié en montagne...

– Mais où ça ? insistait Babette impatiente et qui n'attendait qu'une chose, être rassurée.

– Veux-tu bien me laisser aller au bout, tu ne

me laisses pas le temps de reprendre mon souffle pour la prochaine phrase.

— As-tu fini ne me faire languir ? Où êtes-vous ?

— Nous sommes en Savoie.

— Ah enfin ! Et je peux venir ? On pourrait y rester quelques jours.

— Je ne pense pas que cela soit une bonne idée. Car Julien ne tourne pas rond. Et je voudrais bien pouvoir lui faire dire ce qui cloche.

— Je comprends, mais ça me ferait bien plaisir de prendre un grand bol d'air. Embrasse-le pour moi et promets-moi de me rappeler demain.

— Je te promets, je t'embrasse, à demain.

— À demain.

Et ils raccrochèrent.

Stéphane resta un moment pensif, le dos collé à la cloison de bois. Sa tête bouillonnait.

— Qu'est-ce que je fais ? Est-ce que j'appelle Céline, ou pas ? Bon sang, je suis sûr qu'ils ne se sont pas tout dit ces deux-là !

Il décrocha le combiné et composa avec une lenteur énervante le numéro de Céline. À l'autre bout, il entendit deux sonneries, mais Stéphane raccrocha, la main tremblante.

— Non, ce n'est pas le moment.

Il paya sa communication et allait sortir quand il réalisa que c'était dimanche. Il recula de deux pas.

— Pardonnez-moi, madame, ôtez-moi d'un doute.

La guichetière leva la tête, mais regardait toujours par-dessus ses lunettes.

— Oui monsieur.

— Nous sommes bien dimanche.

— Oui.

Et, sans attendre plus d'explications, il sortit en se disant, soit que l'information ne venait pas jusqu'ici, soit que les gens de ce pays étaient des bourreaux de travail. Il ne lui vint même pas l'idée qu'ici c'était le bout du monde. De même, il n'avait pas plus remarqué que le lieu était aussi un kiosque à journaux et une librairie.

Stéphane remonta dans sa voiture. Il savait que sa venue m'avait rendu joyeux. C'était un état de fait. Je ne m'en rendais pas vraiment compte. Je reprenais plaisir à parler. Ces longs mois de silence m'avaient fait du bien. J'avais l'impression de me retrouver. Était-ce dû à la montagne ou à Stéphane ? Je ne trouvais pas de réponse.

Pendant ce temps, mon ami parcourait le chemin de retour. Ses pensées se bousculaient. Il avait toujours cette certitude me concernant. Il se torturait la tête pour savoir comment m'amener à parler de Céline. Il restait intimement convaincu que ma disparition était liée à cette femme. Il avait sans cesse le souvenir de cette entrevue qu'il avait eu avec Céline peu avant Noël.

Elle était arrivée, ce jour-là, vêtue d'un superbe tailleur bleu-gris recouvert d'un manteau blanc serré à la ceinture. Son visage était mi-radieux, mi-inquiet. Voir Stéphane la surprenait un peu. Après l'échange de politesses, elle entama tout de suite la conversation.

— Tu m'as bien semblé énervé au téléphone, hier. Qu'est-ce qu'il y a de si grave ?

— D'abord, excuse-moi de t'avoir joint à ton travail. Je ne sais plus comment faire. Il y a près de trois mois que je n'ai aucune nouvelle de Julien.

— Julien ! Qu'est-ce qu'il a fait ?

— Eh bien, rien. Enfin, j'espère. Je n'ai aucune nouvelle. J'ai beau appeler chez vous, rien.

— Chez nous ? Attends ! Petite précision : chez lui !

— Comment ça ? Chez lui, et pas chez vous ?

— Oui, chez lui, insistait Céline, je l'ai quitté début septembre.

Stéphane ne comprenait rien. La nouvelle venait de le terrasser. Il s'était jeté contre le dossier de la banquette. Il se tut quelques secondes, puis se redressa :

— Mais, si je comprends bien, il a disparu après ton départ.

— Mais, qu'est-ce que tu veux que cela me fasse ? Et qu'est-ce que je viens faire dans ton histoire ?

— Je ne sais pas, je pensais que tu savais quelque chose.

— Qu'est-ce que tu veux que je sache ? Je ne sais rien comme je ne savais jamais rien.

Stéphane tomba encore plus dans la stupeur. Céline le vit.

— Mais qu'est-ce que tu crois ? Ton ami était un vrai fantôme. J'en ai eu marre de vivre avec un courant d'air, non plutôt dans un épais brouillard, s'écria-t-elle dans un seul élan.

Stéphane leva les sourcils, mais resta muet. Céline continua :

— Tu passais à côté de lui, il ne te voyait pas. Je me demande encore s'il s'en rendait compte. Il vivait dans sa coquille et je me demande ce qui l'intéressait.

Elle soupira et fouilla dans son sac, cherchant fébrilement un paquet de cigarettes. Elle en sortit une qu'elle posa délicatement sur ses lèvres. Stéphane accourut et lui offrit la flamme de son briquet. Céline guida sa main. Il s'aperçut alors qu'elle tremblait.

– Eh bien, ça ne va pas très bien, toi.

Céline scrutait des yeux, Stéphane. Elle resta un moment silencieuse et poursuivit :

– Oh ! Je ne savais plus que faire. C'est pour ça que je suis partie. J'en ai eu assez de l'attendre, assez d'espérer, je ne sais pas, un regard, un sourire, un geste. Il n'y avait rien, jamais rien. Alors, tu comprends, les riens ont pris le dessus du reste. Ce n'était plus la peine de quoi que ce soit. J'ai préféré partir avant de lui faire une scène qu'il n'aurait même pas comprise d'ailleurs ! Je me suis effacée comme lui.

– Que fais-tu maintenant ?

Céline se tut encore. Elle avait déjà brûlé toute sa cigarette. Elle en alluma une autre.

– Rien, la vie me mène. Je vais à l'agence, je fais mon boulot et c'est tout.

– Tu l'aimes encore, n'est-ce pas ?

Le silence s'installa.

– Faut-il que je réponde à cette question ?

Elle écrasa nerveusement la cigarette à moitié consumée, et saisit son verre de whisky qu'elle n'avait pas encore touché. Elle but plusieurs petites gorgées et reprit :

– Oui, mais il fallait que je parte. J'étouffais. Si tu le trouves, ne lui dis rien. Il sera assez grand pour comprendre.

Là-dessus, elle reprit son verre qu'elle termina d'un trait. Elle semblait vouloir avaler là, l'alcool et sa peine en même temps. Dans la tête de Stéphane s'entrechoquait une multitude de souvenirs communs à tous les quatre. Mais tout ça, c'était avant mon premier best-seller. Il regardait Céline, et ressentait sa douleur. Il me connaissait depuis longtemps et il n'admettait pas que je puisse délaisser une femme aussi douce et belle que Céline. Non décidément, il ne comprenait pas et déjà se voyait me passer un savon. Il sourit et se décida enfin à répondre à Céline.

– Rassure-toi, je tiendrai mon silence.

Stéphane se rappela qu'à ce moment-là, il avait eu envie folle de croiser les doigts pour dédire cette promesse, mais c'était impossible, car ses deux mains enserraient son propre verre qu'il s'amusait à faire tourner sur lui-même. Il savait déjà qu'il ne pourrait pas laisser ça comme ça. Cela dépassait de l'entendement.

Il se rendit compte qu'il était arrivé au chalet. Il stoppa le moteur et attendit un moment avant de descendre. Il continua de penser.

– Ça ne peut plus durer ainsi, il va falloir que je sache, et que je sache ce soir. C'est vrai que l'on s'était toujours dit que l'on ne se mêlerait pas des histoires de filles de l'un et de l'autre. Tant pis si notre amitié en prend un coup, mais je ne peux pas laisser ça ainsi. Au moins, s'ils font l'effort de s'expliquer, je ne regretterais rien.

Et il descendit de la voiture.

Il me trouva penché sur la grande table campagnarde. J'écrivais. Il me fallut un moment pour me rendre compte de sa présence.

– Il y a longtemps que tu es là ?

– Non, quelques instants.

– Tu as de bonnes nouvelles de Babette, j'espère ? Elle ne m'en veut pas trop ?

– Non, ne t'inquiète pas, elle va très bien et te transmet son bonjour.

– Je te remercie. J'espère que tu lui as dit de venir.

– Non, tu ne m'as rien dit à ce sujet et j'avoue que j'en meurs d'envie, mais je suis content de me retrouver tout seul ici, cela va me permettre de faire le point et je pense que l'occasion n'est pas prête de se renouveler.

Je ne relevais pas. Je rangeais les quelques feuilles que j'avais éparpillées sur la table. Je regardais mon ami. Je ne pouvais m'empêcher de lui trouver un air bizarre. Mais à cet instant encore, j'évitais de le questionner. Il vint à ma rescousse.

— Écoute, Julien, nous sommes amis depuis très longtemps et j'ai quelque chose sur le cœur que je ne peux plus garder. Ça me mine.

J'écarquillais les yeux, me demandant où il voulait en venir. Je restais silencieux. Stéphane semblait réfléchir, et apparemment avait beaucoup de peine à trouver le fil dans la bobine de ses pensées. Il s'essaya :

— Je ne voudrais pas que ce que j'ai à te dire nous brouille, bien que je vais enfreindre une règle entre nous.

Mon air interrogateur s'amplifia, mes sourcils se soulevèrent encore plus, mais je continuai à ne rien dire. Je soupçonnais son arrière-pensée. Soudain, il se lança.

— Permets-moi de te dire que je trouve qu'il n'y a pas plus con que toi en ce moment. J'ai vu Céline avant Noël et ce qu'elle m'a dit me choque profondément. Tu t'es enfoncé dans je ne sais quoi, tu t'es mis des œillères, et je refuse à penser que le Julien que je connais soit devenu le pire des goujats. Céline, c'est une perle et elle a du mérite de t'aimer encore.

Il reprit son souffle. L'énervement l'avait gagné et se retenait de ne pas hurler.

La voix me revint.

— Mais qu'est-ce que tu viens me faire chier ? C'est elle qui est partie, non ? J'ai respecté son choix et que je sache, je n'ai jamais cherché à la revoir. Et puis, permets-moi de te dire qu'elle savait ce qu'elle faisait…

— Et, toi, tu savais ce que tu faisais lorsque tu es venu te réfugier ici comme un gamin que l'on vient de rudoyer ou de gifler après une bêtise, cherchant un endroit où se cacher, car il sait pertinemment qu'il a fait mal.

— Mais dis donc, tu ne vas pas me donner des leçons ! J'ai passé l'âge. Non, mais qu'est-ce que c'est que ce mec ? Je rentre dans ta vie privée, moi ? Non, alors fous-moi la paix ! Céline fait partie du passé et si je suis là, je te l'ai déjà dit, c'est parce j'en avais plus qu'assez de ces gnian-gnians, de tous ces sourires de circonstances, de tous ces amis qui n'en sont pas, de tous ces emmerdeurs, et toute cette superficialité ! J'en ai eu marre, je veux qu'on me fiche la paix ! Est-ce possible ?

Le ton montait.

— Mais Julien, crois-tu être le seul à subir des agressions de tous les côtés ? Tout le monde a des emmerdes. Et, Céline c'était du superficiel pour toi ? Permets-moi de répondre à ta place. Je pense que oui, et à un tel point que je n'arrive pas à comprendre. Mais pour elle, votre histoire, ce n'était pas du superficiel. Elle me l'a dit.

Il soupira.

– J'ai un ami qui a perdu tout sens de la galanterie et des sentiments. Tu as été superficiel avec elle, tu n'as pas su l'aimer comme elle l'attendait, alors qu'elle, oui, et c'est pour ça qu'elle est partie. Tu ne vois pas que tu as un bijou sous les yeux ? me cria mon ami.

Je regardais Stéphane sans comprendre sa colère.

– Tu as couché avec elle, ma parole ! lançais-je.

Je vis Stéphane devenir écarlate puis blême, les mâchoires serrées et les narines dilatées.

– Crétin.

Et il m'envoya son poing dans la figure. Perdant l'équilibre, je pus me rattraper sur l'encadrement de la porte de la cuisine. Stéphane continua.

– Alors là, tu es allé trop loin ! Tu es vraiment atteint mon pauvre ami ! Cela fait une demi-heure que j'essaie de te dire que Céline t'aime. Elle t'aime à la folie, et toi tu me demandes si j'ai couché avec elle ! Là, il faut que tu arrêtes, sinon je vais finir par croire Céline.

Je me frottais la mâchoire.

— Mais qu'est-ce qu'elle a bien pu te dire ? Qu'est-ce qu'elle attendait ? Que j'aille la trouver, la supplier de revenir ? Eh, à d'autres ce genre de scène ! dis-je en me relevant. Je commençais à m'énerver sérieusement à mon tour.

— Justement, elle...

Poursuivant ma pensée, je l'interrompis :

— Alors là, attends deux secondes. S'il faut que je commence à jouer aux devinettes pour savoir ce qu'une femme pense ou veut, autant embaucher un devin.

— Tu délires complètement. Il ne s'agit pas d'une femme, mais de Céline ! Tu es complètement à côté de tes pompes. Mais qu'est-ce que c'est que ce type ? Tu as vu comment tu traites les gens ? Ou ils t'ont trop pressé, ou tu as vraiment changé. Si c'est le cas, c'est moi qui vais avoir besoin de réfléchir.

Stéphane cessa de parler. Il eut un geste d'abandon. Il était dégoûté. Il s'était retourné face à la cheminée, le visage à l'intérieur de ses bras croisés et posés sur la poutre de la cheminée.

Interloqué par la tirade de mon ami chargée de jugements et de menaces, je me dirigeais, alors, vers la bouteille de whisky. Je saisis deux verres que je remplis. J'en tendis un à mon ami et m'enfonçais profondément dans le canapé. Le visage fermé, je noyais mon regard dans mon verre. J'essayais de raisonner. J'essayais de comprendre Stéphane. Qu'avaient-ils donc tous ? J'avais toujours apprécié la justesse de ses jugements, mais là, j'avais du mal. Ce que lui avait dit Céline contredisait son départ. Et puis, je connais Stéphane depuis suffisamment longtemps pour que je lui fasse confiance. Néanmoins, il avait brisé le tabou concernant les femmes. Tout ça brisait mes belles résolutions et mes belles certitudes. Des tranches de vie me revenaient. J'essayais de comprendre Céline. Un long moment je suis resté ainsi prostré, le nez dans mon verre. Lorsqu'enfin je me décidais à siroter mon whisky, mon regard croisa celui de Stéphane. Je lui fis stop de la main, avalais ma gorgée et dit :

— Pourquoi ne m'a-t-elle jamais rien dit ? Pourquoi se taisait-elle sans cesse ? dis-je sans colère, mais curieux de comprendre.

— Crois-tu que c'était simple avec un personnage de ta sorte, d'un orgueil démesuré et qui passe sa vie durant, enfermé de jour comme de nuit dans son bureau ? Elle te respectait trop. Elle respectait ta passion, mais tu l'as oubliée. Elle n'a pas eu le courage de te ficher son poing sur la figure. Alors, avant que le désespoir ne la ronge, avant que le désespoir de trop t'aimer peut-être ne la détruise, elle a choisi de te quitter. Comprends-tu ?

Il parlait calmement.

— Comment ai-je pu en arriver là ?

— Ah ça, c'est bien la question que je te pose ! s'exclama Stéphane. Heureux qu'enfin une once de raisonnement humain surgisse.

Je poursuivais :

— J'ai du mal à comprendre.

Je secouais la tête en me traitant intérieurement de tous les noms d'oiseaux.

— Maintenant, la balle est dans ton camp. Arrange-toi pour cesser tes conneries.

Le silence envahit de nouveau le Chalet. Stéphane se plaisait à me regarder avec un léger sourire. « Ces deux-là, on dirait deux gamins gâtés, qui se font la tête, mais qui brûlent d'envie de se noyer ensemble. »

Je le voyais penser et je ne sais pas ce que j'aurais donné à ce moment-là pour le savoir. Je me risquais :

— Qu'est-ce que tu dis ?

— Rien, me répondit Stéphane. J'ai faim, on mange ? !

3

L'ACCIDENT

J'ai passé une nuit épouvantable. Stéphane a semé la pagaille dans ma tête et j'ai quelques difficultés à mettre de l'ordre dans mes idées.

Levé à l'aube, je décidais de descendre au village faire quelques courses avec le projet de faire encore quelques festins pantagruéliques avec mon ami de toujours et d'appeler Babette pour l'inviter à venir nous rejoindre.

Reprendre la voiture après de longs mois d'abstinence fut assez cocasse. J'eus l'impression dans les premières minutes d'être un novice paniquant devant la multitude de choses à faire pour ne pas perdre le contrôle du véhicule. Il faut dire que la chaussée glissante ne m'aidait pas beaucoup. Bref, au bout de plusieurs kilomètres, j'avais repris confiance. Les automatismes revenaient et ma pensée cessa d'être absorbée par le maniement de la voiture. Une angoisse me saisit pourtant à la gorge. J'avais peur, mais j'étais incapable d'en expliquer la raison. J'avais peur. Ma poitrine me serrait. L'air me manquait. J'ai dû descendre la glace de la portière pour réguler à peu près ma respiration. J'allumais ma première cigarette de la journée.

Pendant ce temps, Stéphane s'aperçut de mon absence. Il eut un instant une crainte. Mais la vue du désordre que j'avais laissé dans le salon le rassura. Il sut que je n'étais pas parti très loin.

Je stoppais sur la place du village. Tout était encore désert. J'achetais du pain et des croissants en échangeant quelques gentillesses avec la boulangère. L'épicier fut également ravi de me voir. Puis, je repris la route. Lorsque je rentrais dans le chalet, mon ami s'affairait au petit déjeuner. Je laissais choir les deux poches en papier remplies de victuailles et déposais le pain et les croissants à côté des bols que Stéphane venait de sortir.

— Salut, tout va bien ? me dit Stéphane.

— Oui, lui répondis-je d'un ton monocorde. Je n'étais pas dans un état euphorique et j'avais du mal à maîtriser ma voix. Puis, voyant qu'il faudrait encore quelque temps avant que tout ne soit prêt, je choisis d'aller m'attabler devant quelques feuilles, espérant pouvoir ainsi, évacuer cette chose qui m'empêchait de respirer. J'allumais une autre cigarette. Mais l'inspiration ne venait pas. Cette angoisse qui m'avait pris dans la voiture devenait de plus en plus envahissante. Je ne m'expliquais pas cet état. Ma main se crispait sur le stylo. Je me forçais alors, appuyant la bile sur la feuille toujours plus. Mais rien ne venait. Impossible d'aligner deux mots. Je ne voyais rien. J'avais l'impression d'être englouti par le vide, le néant. Stéphane entra dans le salon. Je ne le vis même pas. Il installa sur la petite table, les bols, le sucre, le pain, le café et les croissants tout chauds sortis du four.

— Si tu veux déjeuner, profites-en, c'est tout chaud.

Je ne l'entendais toujours pas. Il reprit :

— Julien ! Si tu veux déjeuner, c'est le moment, c'est chaud. Puis il enchaîna :

— Et puis, je pense partir demain, car si je veux que mes affaires continuent à tourner, mon absence ne doit pas trop se prolonger.

Je ne répondais toujours pas. J'avais le regard fixé sur cette feuille et le monde autour de moi avait disparu. Intrigué par mon état de stupeur, Stéphane s'approcha et posa la main sur mon épaule.

— Eh bien, qu'est ce qu'il y a ? Je t'ai vexé ?

Je revins brutalement à la réalité en un sursaut. Je rencontrais le regard de mon ami. Je vis l'inquiétude se dessiner sur son visage.

– Mais parle, qu'est-ce qu'il y a ? Tu es livide ! Est-ce ma faute ? Veux-tu que je parte ? J'ai fait quelque chose qui ne fallait pas ?

Il me bombardait de questions, mais la boule qui me serrait la gorge m'empêchait de lui répondre. J'essayais pourtant, mais aucun son ne sortait. Stéphane me prit, cette fois-ci par les épaules, et me secoua rudement.

– Écoute, ton silence devient insupportable, je ne peux pas rester comme ça, qu'est-ce que tu as ? Si tu ne réponds pas, je t'envoie la plus belle tarte de ta vie.

Soudain, l'air passait de nouveau dans ma gorge. Le son circulait.

– Stéphane, je ne comprends rien.

– Quoi ? Qu'est-ce que tu ne comprends pas ? Stéphane était visiblement énervé.

– Tu as fichu la pagaille, et je suis en vrac.

– Comment ça, j'ai foutu la pagaille ?

– Je ne suis pas bien. Le vide m'appelle. Depuis que tu m'as parlé d'elle hier soir, je ne fais qu'y penser. Elle a hanté ma nuit. Je n'ai pas fermé l'œil. Tu as raison, je crois que je l'aime. Et tu vois, même là, quand je voudrais le lui dire, je suis un bon à rien, moi, l'as du stylo, je suis incapable de mettre un mot à la suite de l'autre.

Stéphane me regardait avec un air éberlué. Il avait du mal à me suivre. Alors, je me mis un peu de côté, laissant apparaître les premières lignes d'une lettre. Stéphane lut :

« Mon amour,

Me pardonneras-tu ? Je ne sais comment m'y prendre. Tous les mots que j'alignerais ne pourront te dire…. »

La lettre s'arrêtait là. Stéphane me regardait, le stress tomba, il me souriait. Je continuais, lui agrippant le bras :

– Qu'est-ce qu'il faut que je fasse ? Je suis sûr que si j'écris cette lettre, elle ne la lira pas. Et, si je téléphone, elle ne va pas me laisser le temps de lui dire bonjour. Je suis désespéré. Je suis à côté de tout, et depuis bien trop longtemps.

Stéphane soupira et s'assit sur le bord de la table, les pieds sur une chaise. Il se frotta le front de la main droite, puis releva la tête :

– Écoute Julien, je ne savais pas comment te faire parler. Depuis le début de cette histoire, je trouve tout absurde : ton départ précipité, votre séparation, ton silence. Je voulais être certains de tes sentiments, mais ma colère après toi a été la plus forte. Je me suis mêlé de ce qui ne me regarde pas, mais je persiste à dire que vous êtes deux imbéciles tout comme je reste persuadé que vous êtes fait pour être ensemble. Soit, je n'ai pas mis de gants...

et pourtant j'aurais dû. Tu as complètement déconné sur ce coup-là ! Moi, aussi d'ailleurs, j'avais imaginé un tas de scénarios, mais pas celui-ci. Si j'avais su que ça te mettrait dans cet état... dépressif... et merde ! T'es mon ami et puis...

Je n'écoutais qu'à moitié. Son incohérence ne me troubla pas. J'avais une idée fixe, et il m'était impossible de penser à autre chose.

– Je ne plaisante pas, je le sais maintenant, j'en suis sûr. Je l'aime et son absence me grignote comme jamais. J'ignorais éprouver un tel sentiment. Il faut que je me reprenne, que je fasse quelque chose, et tout de suite.

Stéphane me dévisageait. Ça tournait à toute allure dans sa tête. Il ne m'avait pas vu ainsi depuis fort longtemps. Il est vrai qu'avant mon départ, j'avais tout caché, à tout le monde, même à Stéphane. Je me levais et servis du café à ras bord des bols. Je sentais que je devais à nouveau prendre ma vie à bras le corps. Il me fallait sortir de ma coquille et cesser de me laisser ballotter au gré du vent et de la tempête, mais j'avais en moi, cette trouille.

Stéphane but une gorgée de son café. Il attrapa un croissant qu'il trempa allègrement dans le café et en mangea une bouchée. Il reprit, la bouche pleine :

– Bien. Maintenant, tu sais ce que c'est. Ça t'appartient et en ce qui me concerne, je ne m'en mêle plus, j'ai fait assez de dégâts.

Je le regardais, l'implorant du regard.

— Eh là ! continua-t-il, je refuse d'être l'entremetteur. Il se tut un instant.

— Maintenant, j'ai autre chose à te dire.

Je manquais d'avaler de travers le café que j'étais en train de boire. Je ne sais si mon cœur s'arrêta ou si mon sang me brûlait les veines. Je redoutais d'entendre la suite.

— Comme je ne suis pas très rassuré à ton sujet et que je te connais très bien, si tu es d'accord, je peux m'arranger pour rester quelques jours de plus pour t'organiser un retour discret. À la condition, bien sûr, que Babette vienne. Je vais devoir passer quelques coups de fil pour que mes affaires ne pâtissent pas trop de mon absence.

Je soupirais d'aise. J'étais soulagé qu'il ne m'annonce pas quelques autres surprises.

— Oui, oui lui répondis-je rassuré et content. C'est d'accord, tout le temps que tu veux. Vous prendrez ma chambre et moi celle du bas. Je ne vous embêterais pas avec mes insomnies.

— Super, on va trouver une solution, me dit-il en me tapant amicalement l'épaule et en descendant de son perchoir. Je descends au village prévenir Babette.

— Eh ! Ne lui dis rien.

Soudain, je me rappelais que j'avais voulu inviter Babette ce matin, mais que l'idée s'était envolée à la venue de cette angoisse. Je n'eus pas le temps de dire quoi que ce soit d'autre à Stéphane. Il avait déjà sauté dans un pantalon, et s'en allait en finissant d'enfiler un pull en même temps que ses chaussures dans la cour du chalet. La Ford démarra en trombe. Il manqua de heurter le stère de bois en reculant.

Je le regardais s'éloigner.

De nouveau seul, je balayais du regard la pièce. On voyait vraiment que le chalet était habité. C'est le moins qu'on puisse dire ! Je commençais à prendre conscience du gâchis que j'avais laissé. Stéphane avait eu raison de me court-circuiter. Il était grand temps que je retrouve là où j'avais fait une erreur et surtout que je la répare. Mais cette angoisse était toujours là. Elle me tenaillait. Pourtant, il me semblait commencer à m'y habituer. Je connaissais bien cet état. Ce n'était pas la première fois qu'elle surgissait. Le seul remède que j'avais trouvé pour faire fuir ces angoisses jusqu'à présent, c'était l'écriture. Je rallumais une cigarette. Je me rassis à la table, poussant de la main les deux bols qui étaient restés là. J'attrapais une autre feuille de papier, et cherchais dans le tas de papiers froissés, mon stylo. J'éteignis d'un geste brusque, la cigarette à peine entamée. Je me retrouvais de nouveau face à face avec le mur blanc de la feuille. Mes yeux fixaient ce désert blanc. Le visage de Céline s'y dessina comme un hologramme. J'aurais pu le retracer à cet instant. Fébrilement, j'allumais une autre cigarette, mais la fumée troubla définitivement le charme.

Stéphane sifflait dans sa voiture. Il énumérait mentalement les appels téléphoniques qu'il devait donner pour ses affaires, mais ses pensées étaient à Babette. Il était content. Ils allaient pouvoir enfin passer quelques jours ensemble.

Babette s'étonna d'abord, de cet appel si matinal. Stéphane lui expliqua son inquiétude à mon sujet et qu'il pensait être prudent en restant quelques jours de plus. Il tenait à ce qu'elle vienne le rejoindre. Ils réglèrent les modalités du voyage. Babette arriverait par train le soir même, vers 20 heures. Ils se quittèrent là-dessus. Puis, il s'enquerra du bon déroulement des affaires de son entreprise et délégua à son bras droit les décisions indispensables. Tout allait bien et cela le satisfit pleinement. Stéphane reprit le chemin du retour. Il parlait tout haut dans la voiture.

– Ce Julien, décidément, est toujours au bord du précipice ! Finalement, ce métier lui va bien. Mais les requins ne vont pas lui faire de cadeaux, il va falloir mettre au point une histoire qui tienne debout pour éviter les voleurs d'images et les faiseurs de drame.

Il se tut. Ses pensées s'en allèrent de nouveau vers Babette. Il regarda l'heure à sa montre. Il était un peu plus de midi et demi. Il ne pensait pas avoir passé tant de temps au téléphone. Il alluma la radio. Une chanson nouvellement sortie était diffusée. La musique était gaie. Elle allait tout à fait avec la bonne humeur de mon ami. Soudain, la chanson fut interrompue par le générique musical des informations. Une voix masculine enchaîna :

– Nous interrompons notre programme pour un flash spécial. Un terrible accident de la route vient de se produire sur l'A7 en direction de Paris à la hauteur d'Orly. Nous conseillons vivement à nos auditeurs automobilistes qui rentrent sur la capitale d'emprunter les itinéraires de délestages. Les secours bien qu'étant intervenus très vite ne seront pas en mesure de dégager les voies avant quelques heures, tant l'enchevêtrement de véhicules est important. En effet, il semblerait que cet accident ait été provoqué par un automobiliste qui aurait pris en contresens l'autoroute, et aurait ainsi provoqué le renversement d'un camion et ce gigantesque carambolage. Il semblerait qu'une quarantaine de voitures soit impliquée dans cet accident. Les services de secours tentent l'impossible pour sortir les victimes des premiers véhicules qui ne seraient plus qu'un amas de tôles. Nous serons en mesure de vous en dire plus au journal de treize heures.

La musique reprit aussi soudainement qu'elle s'était arrêtée. Stéphane avait des sueurs froides et la chair de poule.

— Je suis bien content que Babette vienne en train. Quel carnage ! pensa-t-il. Il appuya sur l'accélérateur.

※

Je vis arriver Stéphane aussi rapidement qu'il était parti.

— Regarde ça, me dit-il en se précipitant sur la télévision qu'il alluma.

Le journal commençait :

— Un fou a pris l'autoroute A7 en contresens à la hauteur d'Orly en direction de Paris, et a provoqué un gigantesque carambolage. Comme vous le voyez sur nos premières images, les secours font leur possible pour sortir les premières victimes de ce qu'il reste de leur véhicule.

Les images étaient gonflées d'horreur. La caméra se baladait froidement sur toute l'étendue du désastre. Elle remontait vers le début de la catastrophe, s'attardant sur les blessés que les secours dégageaient. Il y avait des gendarmes, des policiers, des ambulances, des pompiers. Tout le monde courrait ou s'activait. L'atmosphère était très lourde. On ne voyait que des gyrophares et des uniformes, le son a été ôté. Les véhicules se succédaient dans un capharnaüm indescriptible. Stéphane et moi regardions la scène sans réagir. Nous étions complètement statufiés. Soudain, mes yeux s'accrochèrent sur un élément de l'image. Un papillon rouge était accroché au rétroviseur intérieur :

– Mon Dieu, ce n'est pas possible !

– Qu'est-ce qu'il y a ? me dit Stéphane, se remettant lui aussi à respirer.

– Mais, regarde là, dis-je presque en hurlant, en pointant mon doigt sur l'écran, c'est sa voiture, c'est elle, c'est Céline !

– …

Je m'approchais plus du téléviseur comme pour voir à travers un microscope, et m'assurer de ce que je voyais.

– Mais si, j'en suis sûr, c'est elle.

J'avais les yeux vissés sur l'écran. J'espérais m'être trompé. La caméra balaya encore le champ. La conductrice était couverte de sang. Pompiers et médecins s'affairaient. Stéphane semblait voir la même chose :

– Tu as raison, je crois bien, mais…

L'angoisse, cette angoisse qui m'envahissait depuis ce matin trouva tout à coup sa raison.

– C'est pas possible, je ne peux pas rester là !

J'avais un nœud dans la gorge et j'entendais mon cœur battre à une vitesse ahurissante. Il me faisait mal. J'avais mal partout. J'attrapais mon manteau, enfilait mes chaussures et cherchait fébrilement mes clés.

— Mais où est-ce que tu vas ? me demanda Stéphane.

— Je file à Paris, je ne peux pas rester ici, lui répondis-je tout en continuant à m'habiller.

— Mais tu es complètement fou ! Ça n'est peut-être pas elle. Et si tu avais raison, tu ne peux pas ressurgir comme ça. Et puis, Babette arrive par le train de 20 heures.

— Pas possible ! répondis-je.

— Si possible, on ne peut pas partir comme ça !

— Toi pas, mais moi, oui.

— Il n'en est pas question. Je ne te laisse pas partir tout seul. Tu vas encore faire des conneries. Il me barra la porte de sortie de ses bras. Je viens avec toi quand on aura récupéré Babette.

— Pousse-toi ! Je ne peux pas attendre. Céline est en danger. Il faut que j'y aille, criais-je presque.

Mais devant ma détermination, Stéphane comprit que rien ne m'arrêterait, et surtout pas un train, malgré toute l'amitié que je portais à Babette.

— Alors, écoute ! On va redescendre au village

et tâcher de joindre Babette.

Je n'entendais plus rien. J'étais déjà dans ma voiture. Stéphane eut toutes les peines du monde à ne pas rater le véhicule, qui déjà reculait dans la cour.

— Mais tu es complément cinglé !

— Cinglé ! Moi ? Non là, je ne crois pas.

— Je te préviens, tu t'arrêtes au village. Il faut prévenir Babette, insistait Stéphane, inquiet.

La pédale d'accélérateur au plancher, la voiture fonçait à toute allure. Je négociais les virages sur le fil. Stéphane s'accrochait à la poignée de la portière. Il souhaitait ne pas se retrouver avec moi quelques dizaines de mètres plus bas, au fond du ravin. J'étais hanté par les images télévisuelles. J'avais les mâchoires serrées. Je ne sais plus très bien si je faisais attention à la route. Ma tête bouillait. J'en étais sûr maintenant, comme jamais je n'avais été sûr de quelque chose dans ma vie : j'aimais Céline et le reste du monde pouvait bien aller à l'envers ou s'écrouler, ça n'avait plus d'importance. Soudain, la place de l'église surgit devant moi. J'entendis enfin que Stéphane hurlait de stopper. Ma réaction fut alors instantanée. Le réflexe me fit appuyer comme un forcené sur la pédale de frein. La voiture dérapa et s'arrêta dans un grand bruit de crissement de pneus. Intrigués, commerçants et habitants sortirent de leurs repaires. J'eus la désagréable impression avec tous ces yeux braqués sur moi, d'être de nouveau en face des journalistes.

— Il faut que je me calme, me dis-je.

Et, comme si rien d'anormal ne venait de se passer, je sortis de la voiture, pris le temps de fermer calmement la portière et d'allumer une cigarette. Je traversais la place, en décochant mon plus beau sourire, saluant les habitants, pour rejoindre Stéphane qui avait dix pas d'avance.

Il avait attrapé ma fébrilité. Il s'énervait au téléphone. Son répondeur semblait se moquer de lui. Alors, il appela d'autres connaissances et le bureau, mais personne n'était en mesure de savoir où était Babette. Il essaya la gare pour savoir si elle avait réservé sa place, même réponse négative.

— Bon sang de bois, mais où est-elle ? dit-il exaspéré en raccrochant.

Une petite voix se fit entendre derrière eux :

— Pardonnez-moi, Messieurs, mais vous êtes bien Stéphane Duprès, dit la guichetière, toujours le regard par-dessus ses lunettes. Stéphane me regarda d'un air interrogateur et finit par dire :

— Oui, bien sûr, c'est moi.

— Pendant que vous téléphoniez, une dame : Madame votre femme a appelé.

Stéphane me regarda à nouveau.

— Eh bien quoi ? Poursuivez ! s'impatientait mon ami.

— Vous avez un télégramme, dit-elle, tendant un papier bleu à Stéphane. Il le saisit sans ménagement. La nonchalance apparente de cette femme l'avait crispé. Nous lûmes ensemble :

> *Avez-vous vu l'accident d'autoroute ?*
> *Ne viens pas. Rentrez tous les deux.*
> *Laisse message à la maison. Bises.*
> *Babette.*

Je repris la parole :

— Elle sait, elle a vu. Dépêche-toi Stéphane, on n'a pas de temps à perdre, il faut la trouver.

J'entraînais mon ami dehors, le tirant par le bras. La guichetière se pressa derrière nous.

— Que se passe-t-il Monsieur Fontayne, rien de grave j'espère ?

— Si, lui hurlais-je, le monde s'écroule, je suis en sursis.

La guichetière poussa un cri. Nous la laissâmes gesticulante sur le perron de sa boutique.

L'auto avait redémarré. Stéphane avait pris soin de m'arracher les clés des mains. Jamais la route ne me parut aussi longue. C'était infernal. Nous ne parlions ni l'un, ni l'autre. J'étais crispé et soucieux. Je regardais cette route dont le ruban anthracite se déroulait péniblement. Je connaissais chaque bosse, chaque aspérité, chaque virage, chaque détail de son tissage. J'avais l'impression que Stéphane roulait aussi vite qu'un escargot. Je jetais un coup d'œil sur le compteur. Stéphane s'en aperçut.

– Je ne peux pas me permettre d'aller plus vite. Ce n'est pas le moment d'être arrêté par les flics. Tu ne penses pas ?

J'acquiesçai de la tête. Puis je pensais que finalement c'était mieux que ce soit Stéphane qui conduisit. Je n'aurais pu m'empêcher d'appuyer sur la pédale d'accélérateur.

Comme pour combler le tout, nous arrivâmes aux abords de Paris en pleine heure de pointe. Résultat : des bouchons, des bouchons et encore des bouchons. Lorsqu'enfin, la voiture put se faufiler dans les petites rues, j'eus l'impression qu'un peu plus d'air entrait dans mes poumons. Il faisait nuit noire quand nous nous arrêtâmes devant le portail de chez mon ami. Il s'ouvrit doucement sous l'impulsion électrique de la télécommande que tenait Stéphane dans la main. Les pneus crissèrent sur les gravillons. Ça me fit un drôle d'effet. J'étais vraiment revenu dans le « monde ». Un frisson me parcourut le long de la colonne vertébrale. Stéphane; à qui décidément, rien ne n'échappait, le remarqua.

— Tu ne te sens pas bien ?

— Si, si, lui répondis-je, j'ai simplement envie de fumer.

À ce moment-là, je m'aperçus que je n'avais pas fumé du voyage. Mes pensées m'avaient trop absorbé. Stéphane me répondit par un sourire.

Babette avait bien laissé un mot sur la commode dans l'entrée. Elle avait vu le flash spécial et avait reconnu Céline. Elle disait avoir eu du mal à obtenir de la télévision des renseignements. Finalement, les pompiers ont bien voulu lui donner le nom de l'hôpital. Elle nous y attendait. Il fallait de nouveau traverser Paris.

Enfin arrivés dans la cour de l'hôpital ! Je n'attendis pas l'arrêt du véhicule. Je sautais et manquais tomber. Je me précipitais à l'accueil. L'hôtesse était occupée avec une vieille dame, mais j'avais perdu tout sens de savoir-vivre.

— Bonjour madame. On vous a amené Cécile Leroy, victime du carambolage sur l'autoroute, dans quelle chambre est-elle ?

— Bonsoir monsieur, pouvez-vous attendre un instant, je termine avec cette dame...

— Dites-moi simplement où elle est ?

— Oui.

Mais elle continua avec cette dame. J'ouvris la bouche pour protester, une main m'agrippa doucement le bras.

– Bonsoir, Julien, rassure-toi, Céline est en bonnes mains me dit Babette. Son doux visage, illuminé par un immense sourire me fit oublier mon stress. Elle s'adressa à l'hôtesse.

– Pardonnez-le, Mademoiselle, ce n'est pas son habitude d'être aussi malotru.

L'hôtesse lui retourna son sourire. Ce deuxième sourire me remit les pieds sur terre.

– Oh, je vous prie de m'excuser. Pardonnez-moi, madame (m'adressant à la vieille dame, qui apparemment avait terminé). J'ai une grande amie qui a eu un grave accident et...

– Et, elle est en chirurgie traumatologie, coupa Babette, et m'éloignant de la banque de l'accueil. Ils s'occupent d'elle.

Stéphane venait de nous rejoindre. Je le vis embrasser voluptueusement son épouse quand je me souvins d'avoir manqué à toute marque de politesse. Je déposais rapidement une bise sur la joue de Babette et lui glissais à l'oreille :

– Pardon.

– Tu es déjà tout pardonné.

Puis je me plaçais devant elle, marchant à reculons.

— L'as-tu vu ? Tu sais ce qu'elle a ?

— Je n'en sais pas plus que toi pour l'instant. Ça a été assez la panique ici. J'ai préféré vous attendre.

— Comment ça, tu n'en sais pas plus ? intervint Stéphane.

— Non, je n'en sais pas plus, s'énerva Babette. Il y avait beaucoup de remue-ménage. J'ai simplement demandé si Céline était là et à quel service.

— Bon, d'accord, dit Stéphane la prenant par la taille. Et mon bébé, comment va-t-il ?

En guise de réponse, Babette prit la main de son mari qu'elle posa sur son ventre. Quelque chose se passa dans le mien. Une espèce de douleur fulgurante et agréable. Je pensais à Céline.

Un dédale de couloirs nous attendait. J'avais du mal à ne pas allonger la foulée. Depuis ce matin, j'avais la fâcheuse impression que tout se déroulait au ralenti avec une tendance à l'arrêt sur image. L'ascenseur se décida enfin à ouvrir ses portes, nous libérant. L'aquarium des infirmières était vide, mais dans les couloirs, c'était des allées et venues, apparitions et disparitions incessantes d'hommes ou de femmes en blouses blanches. Une infirmière, à mon avis âgée d'une cinquantaine d'années, apparue plus longuement. Elle était chargée de grosses enveloppes krafts avec des noms inscrits au gros marqueur noir. Elle entra dans l'aquarium. Nous la suivions du regard. Quand elle laissa tomber lourdement, son chargement, je m'approchai du comptoir.

– Bonsoir Madame, Nous désirons connaître le numéro de la chambre de Céline Leroy.

L'infirmière tira vers elle un gros registre.

– Vous êtes de la famille ? dit-elle en guise de réponse.

– Si l'on peut dire, j'ai vécu dix ans avec elle. Julien Fontayne, se présenta-t-il rapidement.

– Vous avez vécu ou vous vivez avec elle depuis dix ans ?

Je regardais un instant l'infirmière, ne sachant plus quoi répondre. Je la vis comme le cerbère. Si je donne la bonne réponse, la voie est libre, mais si je me trompe, c'est fini, je peux garder mon désespoir. Mais elle continua :

– Je n'accepte que la famille.

Elle regardait Babette et Stéphane.

Stéphane qui jusqu'à présent s'était tu s'impatienta :

– Écoutez madame, nous avons vu l'accident à la télé, nous avons reconnu Céline, nous venons de faire plus de cinq cents kilomètres. Oui, ils sont ensembles, oui, nous sommes sa famille, et nous aimerions bien maintenant la voir, à défaut un médecin.

L'infirmière resta de marbre. Elle poursuivit toujours sur le même ton monocorde :

— Ah, une des accidentées de la route ! Elle revient de loin. Elle est au bloc opératoire, ça va être long. C'est le professeur Mayer qui l'opère.

— Ah, et vous savez dans quel état elle est ? dis-je.

Elle ignora ma question.

— Je vais prévenir le professeur que... sa famille est là. L'infirmière nous dévisageait de pied en cape. Elle continua :

— Si vous voulez attendre, la salle d'attente est au milieu du couloir.

Stéphane qui décidément avait du mal comme moi à garder une contenance.

— Trop aimable, madame. Nous attendrons donc.

— Merci, madame, enchaîna Babette, qui gardait toujours le sens de la politesse même face à des personnes manquant totalement d'amabilité.

Nous trouvâmes la salle d'attente. Elle était spacieuse, et pour une fois confortable. Des plantes vertes arboraient les angles et un distributeur de boissons avait été prévu. Moi, qui n'avais rien avalé depuis le matin, j'appréciais le coca que je venais de me servir. Stéphane en fit autant.

Plus de deux heures et demie s'écoulèrent en prenant un malin plaisir à passer le plus lentement possible. Je repensais à ce que j'aurais dû faire ou lui dire. Je regrettais amèrement de n'avoir pas su ouvrir les yeux devant le bonheur. Je mettais toutes mes forces dans l'espoir que Céline survive. J'espérais rattraper le temps perdu, si temps perdu peut se rattraper. Tout lui dire. Les pires pensées me traversaient. Je les éloignais, mais rien à faire, elles revenaient me harceler. Je languissais de fumer. Mes amis se taisaient. Pourquoi donc avais-je toujours cette grande difficulté à dire ce qui me hante ? Je sais bien que Stéphane est inquiet. Mais, il se tait.

Les infirmières passaient et repassaient, jamais de médecin. Je guettais l'entrée de cette salle. Quand donc va-t-il venir ? L'opération ne peut pas durer des heures et des heures ? Je n'y tiens plus.

— Je sors fumer, lançais-je.

Mais, je n'allais pas bien loin. Le chirurgien apparut. La fatigue se lisait sur son visage.

— Monsieur Fontayne ?

Stéphane et Babette s'étaient levés à leur tour.

— Oui monsieur, pardon, Professeur, c'est moi. Alors ? dis-je, pressant.

— Rassurez-vous sa vie n'est plus en danger. Elle souffre de multiples contusions, d'un traumatisme crânien qui n'aura pas de séquelles, mais elle a les jambes fracturées. Elle aura des broches durant un temps. Ne soyez donc pas surpris quand vous la verrez. Nous avons craint pour le bassin, mais miraculeusement, il n'a été que malmené. Elle s'était attachée, c'est ce qui lui a sauvé la vie.

— Mais, elle remarchera ?

— Oui, bien sûr, mais il faudra du temps. Maintenant, pardonnez-moi, j'ai à faire.

Il nous serra la main. Une main franche et chaude. Je le retins par le bras.

— Est-il possible de la voir ?

— Elle vient d'être transférée en réanimation. L'infirmière vous préviendra lorsqu'elle se réveillera. Mais pour l'instant, vous me semblez fatigué, vous devriez aller vous reposer. Si vous avez besoin, n'hésitez pas.

— Merci, professeur.

Le professeur disparut. Nous restâmes là tous les trois, debout au milieu du couloir, sans voix. Babette reprit la première le sens de la réalité.

— Il a raison, nous devrions aller manger et

nous reposer.

— Je veux bien manger, dit Stéphane.

— Allez-y, dis-je, je reste là. Je veux être là quand elle se réveillera.

— Ce n'est pas raisonnable, dit Babette, elle sort juste du bloc, il va falloir un long moment avant qu'elle ne se réveille. Il faut manger sinon tu ne tiendras pas le coup.

— Babette a raison, enchaîna Stéphane. On reviendra ensuite.

— Il faut que je trouve une cabine téléphonique. Il faut prévenir sa mère, dit Babette.

— Je serais d'avis pour attendre demain, dit Stéphane.

Babette le regarda et réfléchit.

— Je pense que tu as raison. Attendons son réveil et nous aviserons.

Stéphane dut insister encore pour que je me décide à les suivre. Nous sortîmes de l'hôpital et nous dirigeâmes vers le premier restaurant que nous aperçûmes. Il y avait une épaisse fumée de cigarette. Ça sentait les frites, la bière. Les odeurs se mélangeaient. Les voix qui s'élevaient et les cliquetis des fourchettes faisaient un brouhaha presque assourdissant. Il était près de 22 heures.

Je ne pus avaler le magnifique steak saignant

qu'on venait de me servir. J'étais absent. J'allumais enfin une cigarette et pris le temps de l'apprécier. J'aspirais profondément une à une, les bouffées et les rejetaient lentement très lentement. Je me laissais glisser dans un autre monde, jusqu'à oublier tout le bruit qu'il y a avait autour de moi. Je n'entendais plus rien, même pas, mes amis. Devant mes yeux se dessinait la silhouette de Céline, habillée d'un simple paréo se promenant dans l'appartement mâchouillant un stylo. Elle semblait chercher quelque chose, mais sans que ce soit de première importance. Julien souriait. Un coup de coude le ramena à la réalité du bistrot.

— Qu'est-ce que tu dis ?demandais-je hagard.

— Tu viens de parler dans ta moustache et j'ai cru que tu me parlais, me répondit Babette.

— Non, je pensais à Céline. Continuant à ignorer la conversation de mes deux acolytes, je poursuivais :

— Tu ne peux pas imaginer à quel point je m'en veux. Je comprends maintenant combien j'ai pu la faire souffrir et il faut impérativement que je répare ça, et que...

Je me tus, une pensée venait de me traverser l'esprit. Aimer encore Céline. Fol espoir, je crois bien.

— Et que ? Attendez... dit Stéphane, je reste sur ma faim !

Je le regardais.

— Tu ne peux pas être sérieux deux minutes.

— Mais je ne fais que ça ! s'exclama-t-il.

— Alors, tu as fini qu'on s'en aille ?

— Oh là, dix secondes. J'ai assez couru aujourd'hui. On arrive.

Stéphane voulut régler la note. Je n'attendis pas.

Dehors, je respirais à pleins poumons. L'air était frais, limpide. Je levais les yeux et aperçus quelques petits points brillants des étoiles. Je trouvais le spectacle magnifique. Je rejoignis l'hôpital à grands pas.

— Monsieur, s'il vous plaît, on n'entre pas, les visites sont terminées.

Décidément dans cet hôpital, il n'y avait que des cerbères. Mon esprit de contradiction intervint.

— Et pourquoi, je ne rentre pas ?

— Je viens de vous le dire, monsieur, les visites ne sont plus autorisées et de plus cette malade sort du bloc.

— Ça, je sais, c'est ma fiancée et...

Stéphane et Babette venaient de me rejoindre.

— Et... les visites sont terminées, dit Stéphane. Madame l'infirmière a raison. Pardonnez mon ami ! Son amie a eu un grave accident et le chirurgien nous a dit tout à l'heure que l'on pourrait la voir lorsqu'elle sera réveillée.

— Ah, vous êtes la famille de Madame Leroy ! Il fallait commencer par là. Elle n'est pas réveillée. Le choc qu'elle a subi en plus de l'opération l'a beaucoup affaiblie. Et vous me paraissez bien nerveux, me dit l'infirmière, vous devriez aller vous reposer. Vous serez prévenu lors de son réveil.

— C'est promis ?

— Je n'ai pas l'habitude de parler en l'air, me répondit-elle.

— pfff…

Je soufflais. J'étais désemparé et malheureux de ne pouvoir être utile à rien. J'avais l'impression que même endormie Céline me repoussait. De retour dans la salle d'attente, nous patientions tous, feuilletant des magazines. Les heures ne s'égrenaient que trop lentement. L'attente me faisait de plus en plus souffrir. Quelque chose devait se passer où j'allais exploser. Comme si le ciel m'avait entendu, la porte s'ouvrit. La même infirmière nous jeta :

— Elle vient de se réveiller, tout va bien. On la change de chambre et vous pourrez y aller, mais attention pas plus de cinq minutes.

Sans lui répondre, nous nous levâmes et la suivîmes dans le couloir. Le transfert de lit était en cours. Quand tout fut terminé, l'infirmière nous fit signe de la main, nous laissant le passage pour entrer dans la chambre. À cet instant, je sentis mon cœur battre si fort que je crus que ma poitrine ne pourrait le retenir. Ma main tremblait, et mon pas devint hésitant sur le seuil de cette chambre. Babette vint à mon secours, et me poussa doucement dans le dos.

Le spectacle m'horrifia. Céline les yeux clos, les bras prisonniers de transfusions de toutes sortes, un tuyau d'oxygène dans le nez et des pansements de partout et l'une des ses jambes prisonnière d'un carcan de fer. Son visage était tout commotionné. Je manquais de souffle. Avec une immense volonté, j'atteignis le pied de son lit. Mes jambes pesaient une tonne chacune. Je mourrais d'envie de prendre sa main. Je regardais ce lit. Il me sembla qu'elle voulut ouvrir les yeux, j'eus envie de parler, mais j'étais devenu muet et tout mon corps me faisait mal.

Je sentais que je pleurais, et qu'on me tapotait la joue. La lumière m'aveuglait. Je voyais deux visages au-dessus de moi : celui d'une l'infirmière et d'un homme en blouse, un stéthoscope accroché à son cou. J'en conclus que c'était un médecin, mais je ne comprenais pas la raison de ses deux personnages et moi, allongé. Ce qu'ils disaient devint soudain compréhensible.

– Combien j'ai de doigts ? disait le médecin en me montrant trois doigts.

— Eh bien ! Trois, répondis-je comme si c'était d'une évidence certaine.

— Vous avez fait une syncope, et l'on attend les résultats sanguins.

— Eh, attendez là, je ne suis pas malade. J'ai voulu me redresser, mais d'une main ferme, l'infirmière me rallongea.

— Il ne s'agit pas de maladie, poursuivit le médecin, mais de savoir où vous en êtes.

À ces mots, une autre infirmière entra, et j'aperçus Stéphane et Babette qui attendaient dans le couloir. Je fis signe à mes amis d'entrer pendant que le médecin s'entretenait avec l'infirmière qui visiblement faisait un compte-rendu à voix basse. Le pas hésitant, le couple n'osait s'approcher.

— Oui, vous pouvez entrer, dit l'infirmière pince-sans-rire.

Stéphane et Babette obéirent.

Le médecin sourit et se tourna à nouveau vers moi.

— Il est encore un peu sonné, continua mon cerbère, mais après une bonne nuit tout devrait rentrer dans l'ordre.

— Comment ça, après une bonne nuit ? demandais-je.

Le médecin continua :

– Cher monsieur, après la journée que vous venez de vivre, la syncope, votre taux de glucose au plus bas, votre organisme réclame un peu de ménagement. Je vous garde en observation cette nuit.

Je protestais.

– Eh, attendez, je vais bien, je m'en vais. Je me levais quand deux mains me repoussèrent sur les oreillers. L'infirmière et Stéphane.

– Tu viens de nous ficher une trouille d'enfer, alors tu vas écouter une fois dans ta vie, ce qu'on te dit. Opération dodo et à demain, dit fermement mon ami.

L'infirmière en avait profité pour attraper mon bras lorsque je sentis la piqûre d'une aiguille. Je regardais tour à tour, mon bras, l'infirmière, le docteur visiblement amusé par la scène, Babette qui était restée en retrait m'envoya un baiser, et mon ami me disant au revoir de la main :

– Dodo, à demain.

– C'est un guet-apens ! dis-je.

– Non, c'est pour ton bien, me répondit mon traître d'ami.

Puis, tout devint progressivement flou. Les voix se déformaient. Je me sentais sombrer dans une drôle d'atmosphère laiteuse, ouatée. Puis ce fut le rideau noir.

Iona Louis

4

CELINE

C'est avec une réelle surprise que je me réveillais le lendemain. La première chose que j'aperçus fut le haut plafond blanc. Puis, mon regard glissa vers la fenêtre et je vis la chaise de repos. Je commençais à réaliser le lieu dans lequel je me trouvais. J'en fus certain quand j'aperçus l'autre lit de la chambre toute blanche. D'un coup, je me suis redressé.

— Bon sang, qu'est-ce que je fiche ici ?

Je fouillais dans ma mémoire et des brides vagues me revenaient. Je m'assis sur le bord de mon lit, et me rendit compte que la personne à côté de moi, était couchée sur le lit tout habillé. Il me tournait le dos. Je regardais ce personnage, endormi, paisible, me demandant bien ce qu'il faisait sur ce lit tout habillé. Néanmoins, son habillement ne m'était pas inconnu.

— Stéphane ! m'écriais-je.

Je souriais. Je réalisais combien cet ami de jeunesse m'était cher et combien cette amitié comptait. Ça me réchauffa le cœur. Et Céline m'envahit l'esprit.

— Il faut que je lui dise, et tant pis si elle me jette.

Je me levais et me rendit à la fenêtre. Mon regard se perdît sur un grand parc planté de sapins, de marronniers, et dans le fond, on devinait quelques peupliers. Je suis resté ainsi à regarder sans regarder un long moment.

— Qu'est-ce que tu fais debout ? me dit Stéphane d'une voix pâteuse.

— Bonjour, dis-je en me retournant. J'attendais ton réveil pour aller voir Céline, bien que l'envie me soit venue dès que j'ai ouvert les yeux. Mais j'ai préféré t'attendre afin que tu ne t'affoles pas. Traître !

— Que d'égards ! Te sens-tu bien ? Tu nous as fait une belle peur.

— Ah..., dis-je d'un ton vague, mes souvenirs sont brouillés. Je me souviens avoir aperçu Céline, une infirmière me faisant une piqûre et toi me souhaitant bonne nuit. Je m'interrompis un court instant, comme pour reprendre mon souffle. Puis d'un ton sympathique, mais rebelle, j'ai poursuivi :

— Eh, pourquoi vous m'avez sonné ?

— Quelle question ! reprit Stéphane. Tu t'es écroulé hier soir dans la chambre de Céline et en revenant à toi, tu nous as tenu des propos complètement incohérents. Tu nous as fait une sacrée peur ! Le médecin a jugé préférable de t'envoyer voir Morphée plutôt que de te laisser courir les couloirs.

— Traître ! Je n'avais pas besoin de somnifère.

Je renchérissais, le ton faussement boudeur, un demi-sourire accroché aux lèvres. Mais Stéphane ne voyait pas mon visage. Je m'étais à nouveau tourné vers la fenêtre. Mais il me connaissait bien.

— Alors, tu te rappelles ce qu'il s'est passé ?

— Non, dis-je toujours avec le même air, mais me retournant, j'ai bien vu que mon ami n'en croyait pas un mot.

— Bon, on y va ?

Stéphane se leva.

— Où est Babette ? demandais-je à mon ami en sortant de la pièce.

— Avec Céline, bien sûr ! Nous nous sommes relayés cette nuit.

Les infirmières avaient commencé leurs soins. Elles rentraient et elles sortaient des chambres, à la fois frénétiquement et au ralenti. Elles me faisaient penser à des abeilles dans une ruche, chacune avec un rôle bien défini et qui n'avait rien à voir avec celui de sa consœur. Au détour d'une porte, je tombais nez à nez avec l'infirmière de la veille. Elle n'avait donc pas terminé son service ! Nous nous dévisagions.

— Tiens ! Bonjour, Monsieur Fontayne. Ça va bien ce matin ?

Je la voyais sourire pour la première fois. J'en vins à penser que les nuits blanches lui réussissaient.

— Bien, très bien, répondis-je hésitant. Je fis un pas de côté entraînant par la manche mon ami que je faillis complètement déséquilibrer. Je n'avais pas l'intention de m'éterniser dans les lieux. J'entendis rire derrière nous.

— Moque-toi, c'est facile ! pensais-je.

Nous passâmes une double porte battante, et là, accroché au mur, un panneau indiquait « Gériatrie - Médecine 2 ». Ma surprise m'ôta le souffle. Je ne sus s'il fallait rire. Je regardais Stéphane continuer son chemin, naturel et muet. Il ne semblait pas affecté d'avoir dormi en gériatrie. Mais, je me gardais bien de dire quoi que ce soit. Il se serait fait un plaisir de me taquiner.

※

La chambre de Céline se trouvait à l'étage supérieur. Arrivés devant la porte, nous nous regardâmes. L'angoisse de la veille me reprit soudain. Je tremblais. Stéphane me passa devant et ouvrit enfin la porte doucement. Babette ne dormait pas. Elle nous accueillit avec un sourire, puis mit un doigt devant la bouche :

– Chut, fit-elle, à peine audible. Elle embrassa son mari et colla une bise sur ma joue. Elle m'agrippa plus, et me glissa à l'oreille :

– Mon petit vieux va bien !

Et voilà, les attaques sournoises ne viennent pas toujours de là où on s'y attend ! Je l'attrapais par le cou, la faisant pivoter sur ses talons, son dos s'adossant à mon ventre, et penché à son oreille, je chuchotais.

– Tu ne vas pas t'y mettre toi aussi !

Un sourire complice lia Stéphane et Babette, mais je me doutais bien que j'allais en entendre longtemps parler.

Le silence remplit à nouveau la chambre. Le ronron des appareils rendait la triste réalité à cette pièce. Je regardais Céline, perdue dans ce lit, presque méconnaissable sous les appareillages et les pansements. Mes pensées s'entrechoquaient. Des souvenirs revenaient sans ordre chronologique me donnant presque le vertige. De nouveau, le sol semblait se dérober. Je cherchais hâtivement du regard une chaise que je tirais à moi. Je m'assis lourdement. J'avais des sueurs froides. Mes amis virent mon malaise. Babette posa la main sur mon épaule.

— Tu veux boire ?

— Oui, répondis-je d'un signe de tête.

Stéphane se leva. J'entendis l'eau couler dans la salle d'eau. Les murs de la pièce tournaient. Il revint avec un verre et un gant mouillé qu'il m'appliqua sans grand ménagement sur le front. Je bus. Je sentais l'eau descendre jusqu'à mon estomac. La sensation était agréable. Les objets reprenaient leur place. La fraîcheur du gant et de l'eau calma mon vertige. Je me sentais mieux. Puis Babette reprit doucement :

— Nous allons aller chercher de quoi déjeuner. Je leur répondis d'un signe de la main. Stéphane emboîta le pas de sa femme, et passant devant moi, glissa à mon oreille :

— On va d'abord chercher un hôtel pour éviter de traverser Paris. Babette et bébé ont besoin de se reposer, et je ramène le petit déjeuner.

— Non, attends, prends les clés de mon appartement, dis-je en fouillant dans mes poches, et profitez-en.

Stéphane prit les clés et me remercia d'un sourire accompagné d'un clin d'œil. Ils sortirent ensemble de la chambre, un bras entourant la taille de l'autre.

❉

Je restais là, immobile sur ma chaise. Il me semble être resté longtemps ainsi. Tout à coup, j'eus la sensation d'être observé. Je levais les yeux droits devant moi, vers le lit de Céline. Je vis deux grands yeux verts qui me regardaient. Mon pouls me fit mal dans les tempes et les poignets. Je saisis délicatement sa main. Elle me serra puis la retira. Elle referma les yeux. J'eus envie de parler, mais aucun son ne sortit de ma gorge. Elle avait ouvert les yeux, mais je ne puis dire si elle était vraiment consciente. Cela suffisait de nouveau, à me torturer. Elle rouvrit les yeux. Je saisis à nouveau sa main. Elle ne voulut pas la laisser dans la mienne. J'insistais.

– Non, attends, je t'en prie, implorais-je.

Je regardais ces deux émeraudes qui semblaient vouloir dire quelque chose, mais derrière le masque de pansements et de tuyaux, je ne pus déchiffrer si c'était de l'étonnement ou de la colère. J'opta pour la seconde option.

– Je t'en prie, ne me rejette pas maintenant. Pardonne-moi, je n'avais rien compris, pardonne-moi le mal que j'ai pu te faire. Je n'ai jamais voulu ça.

Je me tus un instant, cherchant en moi toute l'énergie qui me restait. Finalement, je relevais la tête.

— Je t'aime et je te sortirai de là.

Céline ne me regardait plus, elle me scrutait. Ses sourcils se froncèrent, mais je ne parvenais plus à décrypter son regard.

Soudain, je me rendis compte que je venais pour la première fois de déclarer mon amour à une femme. Jamais aucune n'avait entendu ces trois mots. Avouer cela était pour moi d'un ringard et tellement banal, que j'avais toujours tout fait pour ne jamais à avoir à le dire. Pourtant, je pris tout à coup conscience de la profondeur de mon sentiment. Stéphane avait vraiment raison. Ça me fit mal, très mal. La douleur coulait dans mes veines, glaciale. Je me levais et me tournais vers la fenêtre comme pour exorciser cette douleur jetant mon regard le plus loin que je pus. Mais rien n'y fit. La douleur était là, bien là. Mon cerveau allait exploser. Je ne suis qu'un imbécile, je me conduis comme un gamin. Je ne réussis qu'à faire souffrir. Je me retournais vers le lit :

— Si tu ne veux pas de moi, je comprendrai, mais dis-le-moi.

Je me rassis. J'étais effondré. Qu'était devenue la belle assurance de l'homme que je suis ? J'avais l'impression d'être minuscule, nul et con à la fois. Je n'étais que désordre. Je pris ma tête entre mes mains, les coudes posés sur mes genoux. Je n'avais plus de force pour penser.

Lorsque Stéphane entra, il sut tout de suite qu'il s'était passé quelque chose. Mais il ne demanda rien. Il me tendit la poche de croissants et le verre de café. Céline avait plongé dans le sommeil médicamenteux.

— Merci, j'en ai besoin.

Il attendit que je mange et que je boive pour poursuivre la conversation.

— Il semble qu'elle va mieux. Je lui trouve plus de couleurs. Tu as vu le médecin ?

— Non, je n'ai vu personne.

— Tu devrais y aller, suggéra Stéphane. Un douche peut-être ?

— Oui, tu as sans doute raison.

J'avais besoin d'air. J'avais besoin de fumer.

Mon errance finit par me ramener devant chez moi. Par chance, je pus me garer pratiquement devant la porte de l'immeuble. Lorsque je suis rentré dans cet appartement, une drôle de sensation me vint, mélangée de bien-être ; j'étais heureux de rentrer chez moi, de nostalgie ; je pensais à tous les bons moments que j'y avais passés avec Céline, et de je ne sais quoi, qui ne fit rien pour me rendre gai. Une foule de questions imperméables à toute réponse s'entrechoquaient dans ma tête. J'avais du mal à penser pour moi-même, à retrouver un quelconque sens pratique. Pourtant, il allait bien falloir que j'affronte de nouveau ce monde que j'avais fui. Il allait bien falloir que j'invente une histoire pour expliquer ma disparition. Et puis, tous ces journalistes allaient bien faire le rapprochement avec l'accident de Céline. Sainte-Mère ! Que je voudrais être transparent ! Si j'étais laid, cornu et vieux, j'aurais moins d'ennuis ! Pff... !

J'ouvris une fenêtre. La lumière et les rayons du soleil envahirent aussitôt la pièce, la baignant d'une douceur orangée, proche de la chaleur. C'était agréable. Les yeux fermés, un presque sourire sur le visage, ma tête semblait se vider à la caresse de ce soleil. Je m'affalais sur le canapé, une cigarette à la bouche. Il faudrait vraiment que je me calme, pensais-je à propos de la cigarette.

J'entendis frapper doucement à la porte.

– Ah ! Monsieur Julien ! Je n'avais pas rêvé ! C'est bien vous ! me dit ma concierge, une petite bonne femme qui avait dû être charmante, et qui pourrait l'être encore, si elle prenait un peu plus soin de son apparence vestimentaire. À l'instant où je la voyais, je ne pus définir si elle était habillée ou encore en hayons d'intérieurs. Mon regard dégringola jusqu'aux pieds. Les chaussons avaient le même aspect que tout le reste.

— Comme vous le voyez, Madame Clerc, lui répondis-je en relevant la tête, un sourire de circonstance accroché à mes lèvres.

Elle me tendit un gros paquet de courrier, que je saisis sans même y prêter attention. Décidément, cette confrontation avec le monde ne faisait qu'alourdir le poids que je sentais sur mes épaules depuis mon arrivée.

— Merci, lui dis-je. Je m'apprêtais à refermer la porte, lorsqu'elle continua.

— Il ne faudrait pas laisser votre voiture ici, Monsieur Julien. Les nouvelles vont vite.

— Je le sais hélas ! soupirais-je. Aussi... puis-je vous charger d'une mission ? Je me retournais pour attraper les clés de ma voiture que j'avais balancées sur le petit buffet. ... Prenez, et dites à votre mari de l'amener à un garage de son choix et qu'elle soit mise en vente.

— Comme vous voulez monsieur. Elle prit les clés, et commença à descendre quelques marches. Je l'interrompis.

— Et pour l'amour du ciel, soyez discrets !

— Comptez sur moi, je sais les malheurs qui vous arrivent, j'ai vu à la télé et j'ai su que j'allai vous revoir...

— Justement, je ne suis pas là !

— Oui, oui, Monsieur Julien, j'ai bien compris !

Cette fois, je refermais la porte et m'y adossais en soupirant.

— Il va vraiment falloir que je fasse quelque chose, pensais-je sinon je n'arriverai jamais à être tranquille. Et puis..., à partir de maintenant, ma tranquillité d'abord.

Je pris une décision.

— Soyons les chasseurs et non la proie ! Ce n'est pas eux qui allaient me traquer, mais moi qui allais prendre les devants.

Je décrochais le téléphone. J'entendis avec joie la tonalité. Je frappais le numéro à toute allure sur le clavier numérique.

— La maison d'édition de l'Aurore, bonjour, dit une voix féminine très agréable.

— Monsieur Le Bertin, s'il vous plaît, c'est urgent et personnel.

— Oui monsieur, dit la voix à l'autre bout que je soupçonnais d'être Cristel, sa secrétaire, mais je ne peux pas le déranger, il est en réunion avec ses collaborateurs. Je vais prendre votre message, il...

— Non, Cristel, passez-moi Gérard tout de suite.

— Bien, puis-je au moins vous annoncer ?

— Je n'ai pas le temps, passez-moi Gérard s'il vous plaît. Je comptais bien garder l'anonymat, mais pour combien de temps ?

— Un instant, je vais voir ce que je peux faire.

Une musique d'attente se fit entendre dans l'écouteur. M'avait-elle reconnu ? À sa conversation aimable et impersonnelle, je pensais qu'il y avait peut-être une chance que non, mais, je l'avais souvent dragué au téléphone ou assis sur le coin de son bureau. Sa charmante silhouette ne m'avait pas laissé indifférent, mais jamais elle n'avait cédé. La réponse me sortit de mes rêveries.

— Julien, enfin ! me dit Gérard.

— Ah non ! Pas enfin. Enfin si, c'est moi. Bonjour.

— On est content ici de savoir que tu es là. Petit veinard, tu vas venir nous raconter.

— Stop. Je ne viendrais pas, c'est trop compliqué. Et pour l'amour du ciel, s'il te plaît sois discret ! Je compte rester encore dans l'ombre un bon moment et je compte sur toi pour ça.

— Ah ! Et que se passe-t-il ? l'éditeur changea de voix et baissa d'un ton.

— Ne me dis pas que tu n'es pas au courant ?

— Si..., oui... enfin non pas exactement. Je ne sais plus avec toi !

— Écoute, je t'expliquerai plus tard. Le plus urgent pour l'instant, est que je veux que tu passes un message à la presse avant qu'ils ne se fassent les gorges chaudes de ce qui arrive.

— Je t'écoute.

— Je veux que tu leur dises que dorénavant, toute intrusion dans ma vie privée, en dehors de mes apparitions publiques convenues, sera immédiatement suivie de représailles. Arrange-toi pour que ce soit très clair.

— Eh bien, tu n'y vas pas par quatre chemins !

— Tu fais comme d'habitude, tu leur balances ça avec des fleurs, n'est-ce pas ?

— Oui, bien sûr ! Je te fais ça dans le quart d'heure. Et je te vois quand ?

— Je ne sais pas. Après ça, peut-être, et quand j'aurais vendu ma voiture !

— Vendre ta voiture ? Tu as sans doute raison. Je peux essayer de te dépanner... Ne te préoccupe plus de la voiture. Je t'en trouve une. Ton téléphone est toujours le même ?

— Oui, mais je préférerais que tu m'appelles sur le portable que je vais acheter maintenant. Je te contacte quand je l'ai.

— OK, je m'arrange pour te trouver une voiture dans le même temps ! Et donne-moi au moins des nouvelles de Céline...

— Elle va bien, à tout à l'heure, et motus.

— Oui.

Je raccrochais. Je savais que je pouvais compter sur lui. C'était une grande gueule qui savait rester discrète quand il le fallait. Et, ce n'est pas la première fois qu'il me sortait de l'embarras. Il y a cinq ans, quand j'ai voulu partir incognito avec Céline en Amérique du Sud. Il avait inventé un de ces itinéraires ! Sherlock lui-même en aurait perdu son Shakespeare. D'ailleurs, c'est Gérard lui-même qui nous avait accompagnés. C'était complètement dingue. Je savais que dans une heure, toute la ville saurait effectivement que je suis bien vivant et là, mais qu'il faudrait désormais montrer patte blanche.

Une fois dans la rue, je décidais de marcher. Ça me ferait peut-être cracher une ou deux cigarettes. Prendre un taxi n'était pas encore très prudent. J'avais vraiment l'intention de vivre comme tout le monde. Enfin presque, car je savais pertinemment que ma notoriété ferait toujours des envieux et des émules. Mais maintenant, j'allais maîtriser tout cela, pour mon propre bonheur et celui de Céline. J'espérais sa réponse avec joie et crainte à la fois. Que pouvais-je faire d'autre sinon attendre ?

Mon nouveau téléphone acheté, je rappelais mon ami et patron : Gérard. Ensuite, je retournais à l'hôpital où je lui avais donné rendez-vous.

✳

Le jour pâlissait. Depuis plusieurs jours la pluie ne cessait de tomber. Mon moral en prenait un coup. L'éditeur m'attendait, appuyé à la portière d'une Mercedes, rutilante mais sobre. Son regard laissa transparaître un sincère plaisir à me voir.

— Décidément, pensais-je, j'ai vraiment des amis à côté de moi et il m'a fallu tout ce temps pour m'en rendre compte.

Une poignée de main franche et chaude nous unit quelques secondes.

— Je me suis inquiété un moment, mais j'ai compris que la pression avait été trop forte que tu avais mis les voiles pour un temps. Tiens, voilà les clés de la voiture. C'est celle de ma fille. Ne t'inquiète pas, elle n'en a pas besoin, elle est en Amérique pour quelques mois.

— Ah... Merci.

— Tu vas peut-être m'en dire plus maintenant ?

Il me prit par l'épaule et nous commençâmes à marcher. Je lui racontais dans les grandes lignes mes états d'âme d'avant ma fuite, ma psychose de tout et de tous, et les quelques mois merveilleux en altitude. J'oubliais de mentionner dans mon récit une multitude de détails, comme le départ de Céline, le lieu de mon retranchement, et quelles raisons me faisaient réapparaître aussi soudainement.

Nos pas nous avaient amenés au seuil de la chambre 528. La chambre de Céline. Le couloir était désert. Nous devions être entre deux services.

– Attends, me dit Gérard en me prenant la manche ? Tu ne penses pas que ma présence est déplacée ? Notre dernière conversation n'était pas des plus amicales.

– Quelle conversation ? Je le regardais particulièrement étonné. Il laissa tomber son bras.

– Eh bien... il semblait gêné.

– Va jusqu'au bout maintenant et tu as intérêt à être franc, le saisissant à mon tour par la manche.

Je sentais le danger. Que s'était-il donc passé ? Sa mine ne me laissait rien présager de bon. Mon cœur se mit à battre très fort. Ma poitrine n'était plus assez spacieuse. Une pointe d'angoisse me serra la gorge. Il en sait plus qu'il ne le laisse entendre. À quoi joue-t-il ?

– Il vaut mieux, continuais-je, que tu me dises ce qui s'est passé.

Je l'entraînais vers un endroit calme où nous pourrions parler sans crainte d'être dérangés, car d'instinct, je savais que ça allait être long. Nous nous assîmes au coin d'une table presque face à face. Je mis la main sur la poche de ma veste. Je sentis mon paquet de cigarettes sous mes doigts. L'envie de fumer monta, brutale, violente, intolérable. Pourtant, il me fallait patienter. Gérard prit une longue inspiration.

— J'ai eu Céline au téléphone peu de temps avant Noël. Elle m'a semblé épuisée. Elle était excédée et j'en ai pris plein la tête. Sur le coup, je n'ai pas compris ce qui m'arrivait. Sa réaction m'a laissé assis et j'avoue lui en avoir voulu un temps.

— Abrège, continue. Je le pressais impatient et anxieux.

— Je crois ne m'être pas trouvé au bon endroit au bon moment. Tout ce que j'ai compris, c'est que les journalistes la pistaient jour et nuit et ce qu'elle lisait dans les journaux la rendait complètement dingue. Je pense qu'à ce moment-là, elle a cru que j'en étais le fomenteur. Mon regret est de ne pas l'avoir appelé plus tôt, mais sincèrement je ne pensais pas que tu disparaisses aussi longtemps. Quand je l'ai fait et comme je l'ai fait, j'ai manqué complètement de tact.

— Si tu le reconnais, il y a déjà du progrès. La suite maintenant...

— Eh bien, comme je te disais, elle me semblait très nerveuse, et lorsque je lui ai demandé où tu étais passé, elle a explosé. Si je me souviens bien, elle a dit plusieurs fois :

— Quoi ? Encore Julien ! Mais foutez-moi la

paix avec Julien ! Démerdez-vous avec Julien !

Et puis, elle a continué en me disant qu'elle n'était pas ta nounou, et que si nous avions tous autant que nous sommes, des problèmes avec Monsieur Julien, de nous adresser à lui une bonne fois pour toutes. Elle a insisté sur le fait qu'il était inutile de faire le pied de grue ou de la traquer. Elle a complété qu'elle n'était ni ton bureau de renseignements, ni ton petit chien. Enfin quelque chose dans le genre.

– Céline ?

Il ignora ma réaction.

– Alors, j'ai bien essayé de m'excuser en lui disant que je pensais sincèrement que tu étais avec elle, mais rien n'y fit, elle colérait de plus belle. Elle m'a taxé de petit bonhomme et que le petit bonhomme avait tout faux ; qu'il était inutile que je la rappelle dans deux jours pour lui poser la même question ; que je n'avais qu'à m'adresser à mes journalistes chéris : ils allaient bien me pondre encore une de leurs croustillantes histoires, que mon réseau de « fouille-merde », oui, oui, ce sont ses mots ; que mon réseau de « fouille-merde » devait bien être capable de dénicher un rat dans une décharge.

– ? ? ?

– Bref, je n'ai pu en placer une. Elle m'a raccroché au nez et j'ai compris qu'il était bien inutile en effet, que j'insiste sous peine de me faire insulter proprement cette fois-ci. Elle a du caractère, la petite !

Je souriais. Ce qu'il me racontait m'amusait. Et dire que je n'ai jamais vu Céline profondément excédée ! Certes, je l'ai vu s'énerver un peu, mais son sens de la diplomatie reprenait toujours le dessus, ce qui l'amenait bien entendu et à coup sûr, là où elle voulait en venir. Sacrée Céline ! C'était bien elle. Je me rendais compte là encore que pour qu'elle perde son sang-froid, le vase avait vraiment débordé. Pauvre Céline ! Je l'avais laissée seule contre tous. Vraiment, je me ficherais des baffes. Un rat dans une décharge ! Si elle a pensé à moi en disant cela, il est certain qu'elle devait vraiment être en colère contre moi. Et si c'est le cas, elle a une piètre opinion de moi.

Mes espoirs s'envolaient en fumée.

– Eh bien, mon pauvre Gérard, nous voilà deux à devoir nous faire pardonner !

– ? ? ?

Il m'interrogeait du regard. Je me levais.

– Tu vas bien m'expliquer, j'espère ! dit Gérard galopant derrière moi.

– Pas du tout, viens.

Je ne l'écoutais plus. Je frappais un coup discret à la porte de la chambre de Céline. J'entrais. Céline dormait. Gérard s'enfuit.

Stéphane était resté à l'hôpital à veiller Céline.

Le chirurgien entra, salua et se dirigea au pied du lit. Il lut les courbes et les autres indications. Puis, il alla vérifier les appareils.

— Tout va bien. On va lui enlever tout ça dans la matinée.

— C'est bien, dit Stéphane.

— Ne vous inquiétez pas. Elle s'en sort bien et va sans doute se remettre très vite.

L'équipe du matin accompagnée du médecin à son tour entra.

— Vous voudrez bien sortir monsieur. Nous allons faire les soins, dit une infirmière.

L'attente ne fut pas longue. Médecin et infirmières ressortirent. Le médecin s'adressa à Stéphane.

— Il serait préférable de la laisser se reposer. Mais vous n'êtes pas Monsieur Fontayne, n'est-ce pas ?

— Non, il est sorti, se reposer un peu.

— Mon collègue m'a informé de son petit problème d'hier soir. Il n'y a rien de grave. Moins de stress suffirait. Dites-le-lui de passer à mon bureau, une ordonnance l'y attend.

— Je vous l'amènerai.

Le médecin lui serra la main et alla continuer ses visites. Le chirurgien avait disparu depuis long-temps.

Je réapparus peu de temps avant 11 heures. Cé-line était calme. Elle s'était rendormie après les soins. On lui avait ôté l'aide respiratoire et la mi-nerve. Elle avait tout à coup un aspect plus humain. Stéphane m'informa de la visite du médecin.

— Mais, tu es complètement fou. Je n'ai pas be-soin de médicaments !

— Pas forcément de médicaments, mais ta syn-cope d'hier, nous a bien montré que même la mon-tagne n'avait pas suffi à te requinquer. Et puis, il a peut-être autre chose à te dire.

— Tu penses ?

— Je pense.

Je fis une grimace. Je regardais à nouveau le lit de Céline. Le drap avait un peu glissé. Je m'aperçus qu'elle avait un corset.

— Regarde, dis-je à mon ami. Qu'est-ce c'est que ça ? Pourquoi ils lui ont mis ça ? Déjà la jambe...

— Attends, ne t'inquiète pas, tenta de me rassu-rer Stéphane. Il parlait doucement. Ce doit être juste par mesure de précaution. Le chirurgien nous a dit qu'elle n'avait que ses deux jambes de cassées.

— On verra bien, répondis-je septique.

Babette nous rejoignit. Je remarquais son petit ventre rond. Elle y posa sa main, fière. Elle quémanda les dernières nouvelles, et fut très heureuse que Céline soit libérée de la mécanique médicale.

— Bon, j'emmène Julien chez le médecin et nous revenons te chercher, dit Stéphane. On va bien trouver un bon restaurant dans les alentours ! Je meurs de faim !

— D'accord.

Le médecin semblait nous attendre. La porte de son bureau était ouverte.

— Entrez, entrez, je vous attendais.

— Merci, répondit-on, Stéphane et moi en chœur.

— Bien, je vais commencer par votre amie. A-t-elle de la famille ?

Je répondis.

— Oui, sa mère.

— Je suppose que vous l'avez prévenue.

— Non, nous allions le faire. Nous ne voulions pas l'alarmer inutilement.

— Rassurez-vous, ce n'est plus qu'un mauvais souvenir. Elle se remettra très vite. Elle va devoir rester immobile encore 48 heures. Son squelette a subi un sacré choc...

— Ah... ce qui explique sans doute le corset ! dis-je mi-craintif, mi-inquiet.

— Effectivement ! Il continua. Quant au traumatisme crânien, ce n'est pas grave. Elle n'a jamais perdu connaissance, il ne devrait pas y avoir de séquelles. Pour ses jambes, ce sera plus long. Elle va sans doute avoir la phobie de tout ce qui bouge. Quoi qu'il en soit, elle va lui falloir beaucoup de patience. Elle est jeune, dynamique à ce que l'on m'a rapporté. La rééducation ne dépendra que d'elle. Pour l'instant aucune complication. Evitez les chocs tout de même.

— Je suis content. Je préfère ça. Mais, je ne me fais pas de soucis. Céline est très volontaire, elle vous étonnera, m'écriais-je.

— Je le pense aussi.

Le médecin s'arrêta une dizaine de secondes. Il chercha nerveusement des papiers qu'il trouva enfin et qu'il lut en silence. Puis, il reprit.

— Quant à vous, Monsieur Fontayne, calcium et magnésium sont recommandés. Mangez-vous bien ?

Stéphane s'éclaircit la gorge.

— Hier fut une journée éprouvante. Nous n'avions pratiquement pas mangé, et Julien est de nature très angoissée. De plus, nous avons eu très peur quand nous avons reconnu Céline à la télévision.

Je pris le relais.

— Nous étions en montagne et dès l'annonce nous avons pris la route. Mon stress ne peut venir que de là, car j'ai passé l'hiver en altitude.

— Bien, sans doute, mais je vous conseille tout de même de faire cette cure. Elle ne vous fera que du bien.

Il me tendit l'ordonnance puis se leva, son bip venait de retentir.

— Bien, nous aurons sans doute l'occasion de nous revoir.

Nous le saluâmes, et nous dépêchâmes de rejoindre Babette. Stéphane lui raconta notre entretien. Céline dormait. Elle ne s'était pas réveillée. Sa respiration était calme et régulière. Je rêvais d'une baguette magique.

Je ne me suis pas bien rendu compte des deux jours qui viennent de passer. Quand je n'étais pas à l'hôpital, j'errais à pied. J'ai pensé. J'ai pensé beaucoup ces derniers temps à essayer de démêler la bobine de ma vie pour enfin arriver à en attraper le bon bout. Céline quant à elle, reprend des forces petit à petit. Elle se sent de nouveau le courage d'affronter la vie. Elle ressent mal ses jambes, mais elle s'oblige à bouger au moins les orteils. Elle retrouve la sensation de son corps, de ses muscles. Babette est restée longtemps à son chevet. Elles se sont découvertes. D'une relation de courtoisie, une amitié s'est enracinée, sincère, profonde. Stéphane en est ravi. Ce lien le conforte dans l'idée que tout pouvait encore être. Mais voilà, depuis son réveil, Céline avait refusé de me parler et cela me chagrinait autant que Stéph. Elle n'avait rien dit, pas la moindre confidence à Babette.

À force de marcher ce matin, j'ai rencontré la Seine. En face, Notre Dame de Paris. J'ai regardé ce monument avec d'autres yeux. Quelle allure ! Je me suis senti très respectueux. J'eus envie de rentrer. La lumière d'avril dansait sur les vitraux. C'était magnifique. Les bleus, les rouges, les verts se projetaient sur le chœur comme un kaléidoscope ! Cela donnait un camaïeu particulier à la pierre qui buvait ce breuvage luminescent. Je devinais la douceur du marbre et je l'imaginais presque chaud. La cathédrale était vide de pèlerins. Il n'y avait personne. Le silence m'a pénétré et cela me fit du bien. Je me suis assis à quelques bancs de l'Autel près d'un pilier. J'ai admiré le lieu. Je me sentais bien. L'air entrait sans restriction dans mes poumons, complètement, totalement. J'imaginais les petites bulles parcourir mon corps. Je sentais mes deux pieds, lourds et bien posés à terre. Mes mains sentaient le bois. J'avais l'impression qu'il respirait lui aussi. Je ressentais sa chaleur. Presque la même chaleur, que cette main que m'avait tendue le chirurgien. Je sentais l'encens, mais ne voyais pas de lampe brûler. Le calme, la paix s'étaient installés. J'ai su qui j'étais et je sus ce que je devais faire.

Puis, j'ai continué à marcher le long des quais avec en moi cette sensation de sérénité. Le ciel était magnifiquement bleu. J'avais les yeux en l'air quand mon regard accrocha un panneau « à vendre » suspendu à un balcon tout là haut. Le balcon courrait sur presque toute la façade de l'immeuble en pierre de taille. Mon regard glissa en bas. Il y avait deux couples qui discutaient près du porche. Je distinguais bientôt ce qu'ils disaient. Ils parlaient de l'appartement. Le temps que je fus à leur hauteur, l'un des couples salua l'autre et tourna les talons.

— Pardonnez-moi, dis-je à la jeune femme, vous parliez de l'appartement n'est-ce pas ? S'il n'est pas vendu, je souhaiterais jeter un coup d'œil, si c'est possible, bien sûr !

— Bien sûr monsieur, me répondit avec un magnifique sourire la jeune femme à qui je venais de parler. À votre disposition.

Son collègue approcha et me salua. Je me présentais très succinctement. Puis, je me suis retrouvé au milieu du fameux appartement. J'étais soufflé. Je suis tombé sous le charme immédiatement. Ce que j'avais toujours espéré : un appartement avec de grandes pièces aux hauts plafonds avec des frises en plâtres et de grandes portes, comme autrefois, des murs blancs, irréprochables, impeccables, de toutes petites cheminées dans une ou deux pièces, un sol fait d'un parquet à fines lames et brillant comme un miroir, d'immenses fenêtres pour voir le ciel et pour que le Soleil engloutisse de lumière éclatante, tout l'appartement jusque dans le moindre recoin.

Je voulais cet appartement.

Nous discutâmes un peu, le prix à donner était un peu élevé, mais fallait-il que j'hésite ? Les pourparlers ne furent pas longs. Je me suis retrouvé assis au bureau de l'agence pour signer le compromis de vente. C'était le début de mes bonnes résolutions et j'étais content que cela commence aussi vite et bien. J'ai tenté de me souvenir où j'avais laissé la Mercédes, en vain.

Pendant ce temps, à l'hôpital.

— J'en ai marre ! Quand est-ce que l'on va m'enlever cet instrument de torture ? Je veux aller me laver, se désespérait Céline.

— Du calme, ma belle ! répondit Babette. Il n'a fallu qu'une fraction de seconde pour te casser, mais il faut laisser au temps, le temps de te réparer.

— Je n'ai rien demandé. S'il n'y avait eu ce cinglé d'ivrogne, je ne serais pas clouée sur ce lit. Céline parlait rageusement.

– Soit ! Mais, j'ai entendu dire que tu roulais un peu trop vite !

Céline la regarda fixement.

– C'est vrai ! Si j'avais roulé un peu moins vite, j'aurais sans doute pu l'éviter.

– Bien. Mais ce qui est fait est fait. Tu as au moins retenu quelque chose de cet évènement.

– Oui, ne jamais boire et rouler raisonnablement. J'étais un peu pressée. Maintenant, je suis vraiment en retard.

Elles rirent.

Le chirurgien entra. Il était en blouse verte.

– Bonjour, comment ça va aujourd'hui ?

En même temps, Céline et Babette répondirent. L'une négativement, l'autre positivement.

– Laquelle dois-je croire ?

Elles lui répondirent, toujours d'un même chœur :

– Moi.

Mais, Céline poursuivit.

– Vous m'enlevez ce truc impossible quand ? en montrant le corset. Je veux me lever. Je veux me laver.

— Oh là, tout ça ! Bon, d'abord, vous allez descendre à la radio. Les clichés nous diront où vous en êtes. Si tout va très bien, il se pourrait que ce soir on vous enlève ça, comme vous dites.

Céline soupira de soulagement.

— Ah, enfin ! Parce que je ne sais pas si vous avez déjà été là-dedans, mais ce n'est pas un quatre étoiles !

Le Professeur souriait.

— Et si vous étiez cassée !

— Justement, je ne suis pas cassée.

— C'est votre avenir qu'il y a là-dedans. Il tapotait des phalanges le plastique du corset. Il est important de lui laisser le temps pour réparer.

— Hmm ! Céline savait qu'il avait raison. Mais l'immobilité la gênait. Maintenant qu'elle avait retrouvé tous ses esprits, elle avait du mal à comprendre que le reste ne suivît pas aussi vite. Elle soupira.

— La balade en sous-sol est prévue à quelle heure ?

Un infirmier venait de rentrer.

— Maintenant, répondit le chirurgien.

— Allez, un petit voyage. Le ciel est trop chargé pour le moment, alors on descend au sous-sol, plaisanta l'infirmier. Mais, son humour douteux ne fit pas rire Céline. Par politesse, elle lui décocha un sourire mécanique qui ressemblait plus à un rictus.

Il débloqua les roues du lit et le poussa vers le couloir.

— Je n'ai jamais eu l'intention d'aller rejoindre Saint-Pierre et les anges, se défendit Céline.

— Mais vous n'y êtes pas du tout ! Je parlais du septième ciel !

— Ah ! Céline n'était décidément pas d'humeur à la plaisanterie.

Babette attendit le retour de Céline.

— Alors, on t'a dit quelque chose ?

— Rien, lui répondit Céline un peu plus énervée qu'avant son départ à la radiographie. J'ai encore ce fichu machin. Il faut que j'attende le médecin, poursuivait-elle d'un air pincé et précieux.

Heureusement, son attente ne fut pas très longue. Elle vit entrer le médecin, suivi du chirurgien.

— J'ai une bonne nouvelle pour vous, Mademoiselle, lui dit le professeur Mayer. Nous enlèverons le corset demain.

Céline fit la moue.

— Pourquoi pas maintenant ?

— Parce que vos muscles ont beaucoup souffert.

Il s'agit de leur éviter des efforts. C'est malheureusement le seul moyen pour vous aider à vous reconstruire. Imaginez-vous en jeune accouchée, il faut du temps pour que tous les muscles reprennent leur place. Vous, c'est pareil. Ils ont subi un gros effort. Rester calme est leur meilleur gage. Et pour vos jambes, c'est pareil. Interdiction formelle de mettre pied à terre.

Céline se tut définitivement. Ils lui expliquèrent la suite du programme. Elle ne broncha plus.

Quand ils furent sortis, Céline éclata.

– Ils l'ont fait exprès. J'en suis sûre, ils l'ont fait exprès.

L'énervement se transforma en crise de larmes. Elle pleurait en silence. Babette voulut la rassurer, mais elle savait que Céline enrageait surtout contre elle-même.

– Mais non, je ne pense pas qu'ils l'aient fait exprès. Ils pensent à ton avenir plutôt. Et qu'est-ce que c'est qu'une douzaine d'heures supplémentaires dans une vie ?

– Je ne parle pas du corset, cria presque Céline. Je parle des bébés !

Babette se sentit confuse. Son ventre à elle, qui s'arrondissait jour après jour la rendait follement joyeuse. Elle comprit que ce n'était pas le cas de Céline. Elle lui prit la main.

— Je suis sûre que ce bonheur t'arrivera, et tu le feras avec l'homme de ta vie.

— L'homme de ma vie ? sanglotait toujours Céline. L'homme de ma vie a foulé mon amour, et pourtant j'en rêvais de cet enfant.

— Ça n'est pas trop tard !

Céline et Babette se turent. Elles s'étaient noyées dans leurs pensées : l'une avec sa colère contre moi, l'autre avec le bébé qu'elle fabriquait.

✳

Je regagnais l'hôpital quand je croisais Stéphane.

— Je crois, que nous allons rentrer me dit, Stéphane. Babette a besoin de calme, et les va-et-vient que nous faisons chez toi commencent à intriguer.

— Ah oui ? dis-je interrogateur et hargneux.

— Il me faut récupérer ma voiture. Je prends le train ce soir.

— Ah oui, au fait ! Elle est là-haut ! Écoute, Stéph. Amènes-y Babette et passes-y autant de temps que tu voudras.

— C'est sympa, je te remercie et j'accepte. Je vais en profiter. Au point où nous en sommes, mon travail peut bien attendre encore un peu. Ça va faire du bien à tout le monde. Quant à toi, promets-moi de te surveiller, et donne des nouvelles.

— T'inquiète pas ! Et puis, j'ai acheté un appartement sur la Seine.

— Quoi ? ? ?

— Oui, tu as bien entendu. Et on va y faire une de ces fêtes ! Il est très grand, très beau et on y voit la Seine et Notre Dame. Tu verras, c'est une perle, finissais-je en embrassant le bout de mes doigts serrés.

— Décidément, tu ne feras jamais rien posément !

— Euuh, non !

Nous passâmes devant un fleuriste fort bien achalandé. Les parfums nous chatouillaient les narines. Le parterre était magnifique. Le fleuriste avait arrangé son magasin avec beaucoup de goût. Les couleurs se mélangeaient harmonieusement, joyeusement. C'était un régal pour les yeux. Une idée me vint.

— Vas-y, je te rejoins, dis-je à Stéphane.

5

Renaissance

La porte de la chambre 528 s'ouvrit soudain. Les deux femmes ne virent qu'un énorme, immense et magnifique bouquet de fleurs. J'entrepris de maquiller ma voix.

– Mademoiselle, un individu bizarre, mal habillé, mal coiffé et pas rasé m'a laissé ça pour vous. Il m'a dit être très triste de ne pouvoir vous le remettre parce que vous ne vouliez plus lui parler. J'avançais un peu d'un pas hésitant. Euh ! M'autorisez-vous à poser ses fleurs ?

Céline m'avait reconnu. Elle avait une mine boudeuse. Elle gesticulait et grimaçait pour que Babette vienne à son secours. Mais Babette, mise dans la confidence de mon action par son mari répondait par mimique et semblait ne pas comprendre l'appel au secours. Les secondes me paraissaient une heure. Céline se décida enfin de répondre à l'homme au bouquet de fleurs. Elle choisit d'entrer dans mon jeu.

– C'est exact monsieur, je ne veux pas lui parler. C'est un goujat de première, un égoïste et un rustre.

– Bien, Mademoiselle, dis-je toujours avec la voix déguisée, mais les fleurs, vous n'allez pas lui renvoyer ?

– J'en ai bien peur, me répondit-elle d'un ton très sérieux.

Babette intervint.

– Tu ne peux pas faire ça !

Céline souriait. Moi, toujours dans l'encadrement de la porte avec le bouquet.

– Et pourquoi pas ? dit-elle

– Si tu fais ça, je ne réponds plus de rien. Babette ne plaisantait pas du tout. Elle, qui aime tant les fleurs, et qui secrètement espérait tant de cette scène. Céline sembla réfléchir.

– Bon, entrez et posez ça quelque part par là. Mais dites-lui bien que j'ai deux mots à lui dire.

Je fis beaucoup de bruit en entrant, frottant le papier le plus possible dans le chambranle et le long du mur, comme quelqu'un de vraiment très maladroit. Je fis semblant de chercher un endroit où poser mon encombrant chargement, faisant des demi-tours sur un talon, pour finalement me prendre les pieds dans la table à roulettes. Le bouquet de fleurs atterrit sur le lit. Je m'agrippais au rebord prenant bien soin de ne pas gêner Céline. J'étais tout près de son visage. Je sentais son parfum. Mon cœur explosait dans ma poitrine.

— Mademoiselle, je repris ma voix normale, je vais dire aux infirmières de ranger un peu tout cela. Votre chambre est très dangereuse et bien trop petite !

Nous nous dévisagions. Je perdais pied. Je ne savais plus ce qu'il fallait faire. Je venais de faire le pitre sans problème et maintenant devant elle, j'étais tétanisé. Nos visages n'étaient qu'à quelques centimètres. Je sentais son souffle. Personne ne disait rien. Ce silence me pesait. Je faisais un effort surhumain pour retrouver le son de ma voix. Céline me regardait droit dans les yeux.

— Ah, ce n'est pas trop tôt ! chuchota mon ami à l'oreille de Babette.

Babette soupira bruyamment de satisfaction. Céline rompit le silence.

— Monsieur, vous êtes un poltron, un malotru, un goujat, un égoïste, et le pire des mecs que je connaisse. La situation tourne encore à ton avantage. Voyez, je suis coincée dans ce lit et sans défense ! Si j'étais un homme, à l'heure qu'il est, tu aurais reçu la plus belle correction de ta vie. En attendant de régler nos comptes, j'ai besoin d'aide. Et, j'espère que tu ne vas pas te défiler !

— Rien de cela. Je t'aiderai et tout ça ne sera plus qu'un mauvais souvenir.

J'avais une folle envie de l'embrasser, mais je n'osais pas. Je ne bougeais pas non plus. Mais, ce que j'espérais n'arriva pas. Alors pour cacher mon trouble, je repris la parole.

— Ta colère est bien légitime. Il m'a fallu sept mois pour comprendre dans quelle situation je m'étais enfoncé. Je n'ai pas compris ce qui m'arrivait. Je n'aime pas le monde et ses obligations. L'écriture est un besoin, une passion. Mais j'en ai d'autres. Je me suis laissé happer et les mots sont devenus mon exutoire au point d'en oublier aussi les gens qui m'aiment. Tout foutait le camp. J'étais complètement déconnecté et je n'ai rien entendu. Je ne t'ai pas entendue et j'en suis profondément affecté. J'ai fait sans le vouloir du mal autour de moi et je voudrais pouvoir me racheter, pouvoir être pardonné. Et, voudras-tu seulement me pardonner ?

— C'est un peu décousu, mais comme début de confession...

Je ne la laissai pas continuer.

— J'ai pris ton départ comme une fatalité, jusqu'au jour où...

– Ah non, tais-toi. Elle m'interrompit à son tour. Je me tus. Je la regardais très surpris qu'elle ne veuille pas entendre la suite. J'allais pourtant poursuivre malgré tout, quand :

– Eh bien, les tourtereaux !

Le professeur Mayer venait d'entrer comme un ouragan. Il tombait bien celui-là ! Je me redressais vivement. J'étais pris en faute. Il me fit un clin d'œil. Des infirmières entrèrent.

– Pouvez-vous nous laisser seuls, un instant ?

Stéphane, Babette et moi sortîmes aussitôt. La porte resta ouverte.

– Il ne s'est pas moqué de vous. Je crois que je n'ai jamais osé offrir tant de fleurs.

– Ce n'est pas trop tard, répondit Céline.

Le chirurgien sourit. Il poursuivit.

– Je viens vous parler de cette chose qui a l'air de beaucoup vous agacer. Aussi, j'ai une proposition à vous faire. Si vous me promettez de ne pas bouger, c'est-à-dire de ne pas vous étirer, de ne pas tenter de vous asseoir ou tout autre geste qui ferait travailler votre dos, je vous enlève ce corset.

– Je promets tout ce que vous voulez, dit Céline très enthousiaste.

— C'est important. Vous ne bougez pas jusqu'à demain.

— Pas de problème.

Je m'étais adossé au mur du couloir, non loin de la porte de chambre de Céline. Je soupirais, les yeux fermés. Une main se posa sur mon épaule. J'ouvris les yeux. Stéphane et Babette étaient là, me faisant face. Je les avais oubliés un instant.

— J'avais raison, me dit Stéphane.

— Je suis le plus heureux. Je suis sûr qu'elle m'aime encore, mais...

— Je n'en ai jamais douté, ajouta Babette d'une voix très assurée.

Je m'assombris.

— Qu'est-ce que t'as ? me bouscula Stéphane.

— Et s'il y avait un autre homme dans sa vie ?

— Pfff… C'est bien un homme pour dire ce genre de bêtise ! s'exclama Babette.

Stéphane lui emboîta le pas.

— Arrête tes conneries, sinon je te remets les idées en place.

Je me mordis les lèvres, car je savais pour avoir testé, qu'il en était capable. Se pourrait-il qu'elle me laissât la porte ouverte ? Cette question me brûlait la cervelle. J'admirais mes amis, forts de leurs certitudes.

Le professeur Mayer et son personnel réapparurent. Une infirmière portait à la main, le corset.

— Nous venons de la faire un peu souffrir. Il lui faudrait maintenant du repos. Je lui ai dit que vous reviendrez cet après-midi.

— D'accord, dis-je. Allons manger. Il fait vraiment très faim.

Nous sortîmes de l'hôpital tout aussi bruyamment que nous étions rentrés, les bras des uns et des autres entourant le cou de son voisin. Babette marchait au milieu.

Nous nous retrouvâmes tous les trois dans un charmant petit restaurant. Ni guindé, ni campagnard. Ses murs et ses plafonds étaient tout en pierres apparentes. Des arcades maintenaient la voûte. Cela faisait penser à une ancienne bergerie. Le restaurateur avait eu la bonne idée d'installer un éclairage discret se fondant presque complètement à l'architecture, relevant ainsi la beauté du site. Il n'y avait que des tables rondes recouvertes d'une longue sous-nappe d'un beau bleu, voilant les pieds de la table, et recouvertes d'une nappe carrée dont le jaune se mariait parfaitement au bleu de la sous-nappe. Il y avait aussi, un photophore posé sur chacune des tables. Tous étaient allumés. La lueur de la bougie faisait danser les ombres. C'était très joli. L'atmosphère était très agréable. On se sentait bien. L'ambiance était à la plaisanterie.

– Si je vous disais que je suis complètement stupide ! m'écriais-je.

– Ça, on ne te le fait dire ! me répondit Stéphane la bouche pleine.

– Plus j'y repense, plus je pense que ce qui s'est passé avec Céline, c'est aussi la faute de ces crétins de journalistes. À vouloir toujours fourrer leur nez partout, ils ont fait des ravages. Toujours à inventer une histoire plus croustillante que la précédente. J'avais cru trouver la parade en me fabriquant une carapace, mais je me rends compte, grâce à l'uppercut de Stéphane, que mon entourage en a fait les frais.

– Oui, de temps en temps, je lui remets les idées en place par la manière forte, dit Stéphane s'adressant théâtralement à sa femme. Tu ne peux pas imaginer les propos qu'il m'a tenus. J'ai vu rouge. Je lui ai balancé mon poing sur la figure.

Babette nous regardait l'un après l'autre, les yeux ronds.

– Tu n'as pas fait ça ?

– Si. Nous répondîmes en chœur.

— Ils sont fous, dit-elle.

Après une gorgée, je repris.

— J'ai pris une grande décision.

Puis quelques bouchées plus loin.

— Je jure qu'à partir de maintenant, pour me trouver, il va falloir le payer cher. Peu m'importe ma réputation.

Babette et Stéphane me regardaient ahuris.

— Tu as encore l'intention de te carapater ? me dit Babette.

— Stéphane ne t'a pas dit ? J'ai acheté un immense appartement avec des pièces grandes comme ça et un parquet... un miroir. C'est un bijou. Et tous ces enquiquineurs, foi de Julien, ils vont savoir comment je m'appelle.

— Tu as mangé du lion ? s'aventura mon ami.

— Ce sont peut-être les médicaments d'hier soir ! renchérit Babette. Avec le vin, ça ne fait peut-être pas bon ménage !

— Rien de cela. Je vais tout remettre en place et dans le bon sens ! Je regagnerai la confiance de Céline et si je n'y arrive pas je meurs ! Et puis attendez, ce n'est pas fini ! Je tiens le sujet de mon prochain livre, je viens de le trouver.

J'étais déchaîné. Je sentais la vie couler à nouveau en moi et cela me rendait invincible. J'avais la ferme intention de mener maintenant cette vie qui m'appartenait comme je l'entendais. J'allais déménager et recommencer une vie à l'abri des regards.

— Mademoiselle s'il vous plaît ! Je criais presque dans le restaurant. Stéphane et Babette m'assenèrent chacun d'un coup de pied sous la table.

La jeune serveuse s'approcha.

— Je veux des fraises avec un maximum de chantilly. Et puis, vous demandez à mes amis ce qu'ils veulent. Ensuite, je voudrais que vous m'apportiez la plus belle glace au chocolat que vous ayez et que vous me l'emballiez magnifiquement. C'est pour emporter !

La serveuse visiblement très étonnée par ma demande me dit :

— Mais monsieur, je ne sais pas si je peux ?

— Mais, si. Je suis sûr que si. Avec de si jolis yeux, et ce sourire si coquin, il n'est pas possible que vous me refusiez cela, lui dis-je charmeur, en lui prenant le bras.

— Julien ! me dit Babette, me grondant gentiment. En guise de réponse, je lui envoyais un baiser.

C'est vrai, je la draguais un peu. Grossièrement. J'étais bien décidé à emporter cette glace. Mes amis commandèrent non sans mal, leur dessert. La serveuse disparut en cuisine.

– Revoilà le Julien que nous connaissons. Je t'en prie, reste comme ça ! s'exclama Babette levant son verre

– À ta santé et à tes amours !

La petite serveuse revint avec nos desserts, mais sans la glace.

– Vous n'oubliez pas ma glace ? demandais-je charmeur, le coude appuyé sur la table et le menton sur la main.

La serveuse rougit, se tortilla et bafouilla un non.

– Ah non ! Vous allez voir que je vais partir avec ma glace !

D'un bond, je fis irruption dans la cuisine. Le chef voulut m'évincer, mais à force de marchandage, devint moins réticent puis carrément compréhensif lorsqu'enfin, je me suis décidé à lui raconter dans les grandes lignes, les événements de ces trois derniers jours. Il me confectionna un paquet qui supporterait la distance jusqu'à l'hôpital. Je me retins de ne pas l'embrasser. Je suis néanmoins certain qu'il m'a pris pour un demeuré et que la meilleure façon pour lui de se débarrasser de moi, c'était encore de me satisfaire.

✳

Nous arrivâmes assez bruyants à l'hôpital. Céline sut que nous arrivions bien avant même d'avoir franchi sa porte de chambre.

— Eh bien, vous en faites du vacarme ? Je peux savoir d'où vous sortez ?

Je posais le précieux paquet sur la table à roulettes.

— De là, dis-je en montrant du doigt le paquet. Et, il faut l'ouvrir de toute urgence.

Elle s'exécuta du mieux qu'elle put. Lorsqu'elle découvrit la glace, ses yeux brillèrent de gourmandise, mais elle répondit plaintivement :

— Mais je ne peux pas la manger ! Je ne peux pas bouger !

— Pas de problème, on va t'aider. Je vais chercher une petite cuillère.

Je ressortais à toute vitesse de la chambre et manquais de bousculer le médecin.

— oh ! Pardonnez-moi, Docteur ! Savez-vous où je peux trouver une petite cuillère ?

— Allez voir dans le local des infirmières. Vous trouverez tout ce que vous voulez.

— Merci.

Et je courrais presque dans le couloir. Je fis irruption dans la salle des infirmières. Quatre infirmières prenaient leur pose. L'une était accoudée à la fenêtre, les trois autres attablées dont l'une déjeunait et les deux autres touillaient interminablement leur café. Elles m'accueillirent avec le sourire.

– Oui monsieur, vous cherchez quelque chose ? me dit celle qui mangeait et qui se trouvait le plus près de moi.

Je voyais tous les yeux tournés vers moi, curieux et envieux. Oh la la ! Il faut que je sorte de là à toute vitesse moi, pensais-je.

– Euh, je cherche... je cherche une petite cuillère pour ma fiancée.

Je sentis que la précision était nécessaire. L'infirmière debout m'en offrit une. Elle la retint un peu.

– Mais, attendez, je suis sûre de vous avoir déjà vu quelque part.

– Je vous remercie, Mademoiselle, m'empressais-je de dire, mais vous devez faire erreur.

Je pris la petite cuillère et m'enfuis.

– J'ai cru que j'allais me faire dévorer ! dis-je en rentrant, mais portant en triomphe, la petite cuillère.

– Ma glace, s'il vous plaît, implorait Céline.

Tout le monde s'assit. Je me suis employé à lui donner petite cuillerée après petite cuillerée la fa-

meuse glace. Je la voyais se délecter. À chaque bouchée, je ne peux décrire ce qui se passait en moi.
J'avais des millions de fourmillements dans le
ventre. C'était une joie et un supplice. Quand elle
eut fini, j'ai essuyé ses lèvres doucement avec un
mouchoir en papier. Céline me scrutait fixement et
profondément. Je sus à cet instant qu'il allait se
passer quelque chose. Elle retint ma main.

Stéphane et Babette se regardèrent.

— Laissons-les ! Ils ont des choses à se dire.

Ils sortirent très discrètement.

— Julien... sa main avait glissé sur ma joue.
Étais-tu sincère ce matin ?

Elle parlait doucement. Son pouce me caressait
la joue. Je répondis oui de la tête. J'osais un mouvement. Je posais ma main sur la sienne, celle qui
caressait ma joue. J'ouvris la bouche. Son pouce
glissait sur mes lèvres.

— Chut ! Je suis fragile ! murmura-t-elle en ef-
fleurant ma lèvre inférieure.

Mon cœur battait comme un fou. Je suis fou,
dingue ! Céline, Céline, comment peux-tu me
rendre aussi dingue de toi ? Sa main glissa doucement sur ma nuque. Elle fit ce geste que j'aime
tant ! Dans le creux situé à la racine du crâne et de
la colonne vertébrale, elle appuya et caressa de deux
doigts, juste ce qu'il faut pour me faire frissonner.

Ses yeux verts m'aspiraient. Elle savait pertinemment ce qui se passait en moi. Elle me possédait et
devinait que je n'oserais rien. Le temps stoppait sa
course. Je vis sa respiration s'accélérer un peu. Le
souvenir de nos deux corps ne faisant qu'un se
bousculait dans ma tête, grandissant, s'amplifiant
encore et encore. L'émotion l'envahissait aussi,
mais elle restait maîtresse du jeu. Je me laissais faire.
Elle m'attira lentement à elle, mais le geste coula
jusqu'à mon oreille.

– Tu es un idiot, mais je savais que tu finirais
par le dire un jour, dussé-je en mourir ! Sa main me
repoussa légèrement me ramenant à l'océan vert de
son regard. Je sentais son souffle… court.
J'apercevais le battement de son pouls dans son
cou. Nos lèvres n'étaient plus qu'à quelques milli-
mètres. Je humais son parfum et son souffle. La
vague du désir me fit fermer les yeux. La pression
de sa main cessa. J'avais mal au ventre. J'avais mal
partout. Tout mon corps vibrait. Je ne souhaitais
que l'embrasser, que la serrer dans mes bras, mais je
ne fis rien. Je me noyais dans ses yeux. Nous sa-
vions qu'elle seule pouvait me perdre ou me sauver.
Me perdre ? Soudain, le doute me saisit. Je pris
peur. Peur qu'elle en resta là. Peur qu'elle renonça,
définitivement peut-être ? Les secondes étaient des
éternités. Je tentais de me rassurer. Non, non, ce
n'était pas possible, l'instant était trop fort. J'ai rou-
vert les yeux et j'ai plongé à nouveau dans l'océan
de ce regard vert qui venait de s'éclaircir. J'ai com-

pris. L'instant devint un siècle. Son geste reprit. Nos lèvres s'effleurèrent d'abord, puis se touchèrent rapidement, pour enfin s'unir longuement. Ce baiser était de feu. Il me brûlait tout entier. Plus rien n'existait, sauf elle.

Tout recommençait.

TABLE DES MATIERES

Iona Louis

Note de l'auteur : texte écrit en 1984. Il s'agit de mon premier roman. Il est resté dans les tiroirs de nombreuses années. Il a été édité une première fois 1993.

Iona Louis